U0798889

另一种飞翔的方式

未来文学家

傻子乌尼戈消失了

渡澜 著

北京出版集团
北京十月文艺出版社

目 录

傻子乌尼戈[1]消失了

我的房客乌尼戈，在一个鼬鼠满世界跑的春季消失了。虽说他消失了，但我几乎每日都可从他身边路过。只要我愿意让自己的思绪驰骋在一条回忆的轨道上，他便无处不在。

他是在一个断电的夏夜来到我家的。那时，我和我的厨娘——柳泽真由娜仰躺在沙发上聊天。产下她的是一只来自日本的，个头很大，非常可怕的雌性黑乌鸦。给她取名字的是大阪卫生管理局的一名工作人员，他可能是《14岁的妈妈》的忠实观众。这位来自大阪的英俊小伙儿因为误食了一块儿菌面厚实板硬，菌杆上有菌轮的不知名的蘑

1　乌尼戈，意为狐狸。狐狸是后文提到的鼬鼠之天敌。

菇而死亡。柳泽真由娜因为此事伤透了心。当了我家的厨娘后，每次烹饪蘑菇她都会用葱在蘑菇盖上擦一下。虽说她现在呈现在我面前的是人类的姿态——三十岁左右的，头发稀少的女性。但她依旧保留着乌鸦的一些糟糕的习性——她总是在聊天中薅我的胡子。正因如此我们的谈话总是被我“哎哟哎哟”的痛呼声打断。我们起先并没有发现乌尼戈，直到柳泽真由娜在聊天的途中熟睡并被惊醒。她直挺挺地坐起来，将嘴唇凑到我耳边，她轻声说话时，嘴巴里传出蝲蛄的味道：“我们家里多出了一个人。”

我被吓出了一身冷汗，环顾了一下漆黑的客厅：“是谁？他在哪里？”

“我不知道，”她说，“我做了一个梦，梦到我在厨房洗菜。”

“这不过是一个普普通通的梦。”我反驳她。

“不不，你等我说完。我先洗了芹菜和葱，然后我洗了土豆，最后我洗完了西红柿。我把最后一个西红柿装进篮子里，然后我想，我该醒来了。可怕的事情就在这时发生了！”

“是什么事情？”我惊恐地问。

“我的梦变成了一张素描纸。纸上布满了沁出血珠的细密伤口。”

“真可怕，”我问她，“那你为什么说家里多出了一个人？”

她几乎已经再也无半分力气，只蜷伏在沙发上一径喘息：“我们应该点个蜡烛，他也许藏在餐桌下面，或是柜子里。”我感到不可思议，没有相信她的话。柳泽真由娜只得起来，手中攥着家里最硬的杯子，缓缓走向储藏蜡烛的小木柜。她一直在颤颤发抖，我不禁开始心疼她。我虚弱地呼喊她的名字：“你找到蜡烛了吗？”我在黑暗中摸索着走向她。人与人的相遇总是那么的神奇。乌尼戈穿了一件灰茶色和利久色相间的衬衣躺在地上，他和地板的花纹一模一样，像一只变色龙。我并没有发现他，踩着他的额头走了过去。然后我牵着柳泽真由娜的手踩着他的肚皮走回沙发。她点燃了蜡烛，烛光盈满客厅。柳泽真由娜突然回头，惊讶地盯着地板：“看！一个漂亮男孩！”

地板上躺着的乌尼戈睁着他的大眼睛，额头上和肚皮上满是我们的脚印。他是个十四五岁的男孩，浑身散发出孩子与少女的气息，整个脸颊瘪陷出两个坑，里面落满斑斑点点的雀屎。他竟有着无限接近自然的美，躺在地板上像一株柔软的植物，毫无违和感。我神经紧绷，他是一个全然的陌生人，他是在极其唐突的情况下来到我家的。我坚信拥有自然美的孩童需受控制，于是我用一根红麻做的绳子将他拴在了餐桌上。他发出了类似白鸽的“咕咕”声以及布里亚特语里“道路”这个词的读音。我尝试与他交谈，他冲我的嘴巴吐了口水。我并未气恼，甚至有些亢奋，可不多久又开始颓丧于自己的亢奋。当柳泽真由娜靠近他时，他表现得异常温顺，甚至用鼻尖顶她胸前的阿拉善玛瑙项链。他似乎使柳泽真由娜联想起了那些灰绿色的、布有褐色细斑的乌鸦蛋。柳泽真由娜的眼中柔柔泛起薄雾，她眯着眼，拍他的背，揉自己的乳房，仿佛一腔母爱无处发泄。

我轻声问柳泽真由娜：“是这位漂亮男孩划伤你的素描纸的吗？”

“不是的，”他竟然开口说话了，乌尼戈说，“是门。”

“什么门？”

“大门，摇晃的大门。”

“大门为什么在摇晃？”

“我是从大门下面钻进来的，大门就开始摇晃。”

“你的意思是摇晃的门划伤了素描纸？”

“纸是门，伤口是生锈。”他说着陌生的谚语，用青涩热情的声音回答我，透出罕见的文雅气息，“门让我提醒你们，它生锈了，它需要油。”他用手掌轻拍桌腿，发出啪啪的声音。听见这声音，我才想起来他是谁。我见过他——在走不到尽头的，一束光就可以将它照亮的马路上，他挥着一个坏掉的红色球拍，击打着树叶，不断地发出啪啪的声音。乌尼戈是在新镇长上任时来到我们镇上的“傻子流浪汉”。他总是在街头流浪，同镇民们说着莫名其妙的话，遭人厌弃。我没有第一时间认出他的原因是因为他的年龄并不是固定的，我只能通过他发出的某种声音认出他。

“你叫什么名字？”我问他。

“乌尼戈。”

这个名字令我感到陌生，但如果在前面加上一个“傻子”便变得令我无比的熟悉。镇里的每个人都会这样喊他——“傻子乌尼戈”。乌尼戈这个名字很难被人记住，“傻子乌尼戈”这个称呼却被赋予了神奇的魔力。它纯真质朴，切中主题且极具戏剧性，为人们留下了深刻而难以磨灭的记忆。这也许是另一种KISS原则（Keep It Simple and Stupid）。

从我们发现乌尼戈躺在地板上到乌尼戈拍打桌腿发出“啪啪”的声音，只过去了二十分钟不到的时间。这近二十分钟里，乌尼戈至少长大了十岁，已经是个成年男子了。他的嘴角上生着几根黄胡楂儿，像刚割过的韭菜。于是我又出现了和前次一样的神经紧张和沉思冥想。是什么促使一个拥有自然美的孩子在二十分钟里飞速生长？他就像一棵每年能长高八米的新几内亚桉树。他体内疯狂分泌的生长激素——甲状腺激素迫使软骨细胞分裂增殖。骨干和骨骺之间的骺板软骨在这种动力中不断地纵向分裂、繁殖，生成新的软骨。好似这段时间里他吸入的不是氧气、氮气或是氖气，而是羊奶和黑艾日格[1]，超标的营养令他飞速长大。他身上映现着我们的痴人梦。这是我第一次近距离接触他，同时想避开他。因为我发现了他身上奇特的性质，像牙齿矫正器。

但我的厨娘显然不是这么认为的。她在二十分钟前还是满脸母亲的笑，恨不得掏出乳房让他吮吸。而现在她的脸被色欲熏得淫邪通红。乌尼戈身上传来不知是从哪里偷

1　艾日格，一种蒙古族的奶制饮品。

来的甘甜的色欲气味，冲昏了柳泽真由娜的头脑。她身上坚硬的黑色轮廓被自己心间满溢出的淫欲之水泡软了，转变为红色球形糖果的弧度。她摸索乌尼戈的嘴唇。他的嘴唇薄得像“单独监禁”，几乎没有肉，柳泽真由娜饱满厚重的唇肉狂热地黏上他的嘴唇时，就像呻吟的肉团撞上了冬天的玛瑙。我急忙解开拴着乌尼戈的红麻绳，将他藏在身后。柳泽真由娜因此号啕大哭。我震惊地发现他已经被柳泽真由娜褪下了裤子，露着白皙的屁股。我拍下他股间的黄色半日花花瓣和带着紫色金属闪光的乌鸦羽毛，替他拉上了裤子。乌尼戈向我道谢，那些香喷喷的黄色花瓣和冰糖味的紫色羽毛沿着木制地板的纹理流淌。

我不得不让他住下来。因为当我推开门想将他送出去时，柳泽真由娜——一只热泪滚滚的鸟，抄起一口滤锅打在了我的鼻梁上。我痛得打滚，却不忘将手指塞进鼻孔防止血弄脏衣服或地板。每当她不服从我的命令时，我就会开始怀念她未长牙时的微笑。透过书桌旁的大窗户我看见路旁的红嘴松鸡站在交通灯旁边。高高挂着的交通信号灯像个三只眼睛的幽灵，最令它感到自豪的就是红眼球。因为根据光学原理，红眼球发出的光波长很长，穿透这浑浊的空气的能力也就强得多。三眼幽灵可以睁开红眼睛警告所有人站住。我拔出自己的手指，让血自由地滴落在地板上，渴望地板上的红色能警告我的厨娘。但除了递给我抹布外，她没有任何表示——若没有原子之稳定，我想我可能已经破碎。

乌尼戈成为了我们的房客。在接下来的短短两天里，他从二十岁到了一百二十岁。一百二十岁的生日那天他睡了一整天，也许我可以写成“死”了一整天。他又变回了婴儿的模样，然后不到两个星期就变回“漂亮男孩”激发着柳泽真由娜的母性。再过两个星期，柳泽真由娜便会褪下乌尼戈的裤子，亲吻他的臀部，将自己的羽毛填满他的臀缝。几乎每个生命在诞生之初都显得极其匮乏，这种匮乏很难靠遵从某种外力得以实现。但乌尼戈身上的富足和匮乏却是随意切换的——他可以在诞生之初表现得极其富足，却在年老时变为备忘录般的贫瘠。这简直令人大跌眼镜。我二十四小时带着放大镜，妄想探索他身上的奥妙，但随着我的深入，更深一层的恐惧笼罩了我，我不断地感到沉重的罪恶感。我看着放大镜像看着自己的遗物。

让他住下来是个错误的决定。

生活在小镇上的人们，自古以来都极其反对“种植，然后等待，最后变化”这个原则。他们厌恶一切变化，恐惧已知事物被另外的事物取代。他们害怕老去，害怕自己的孩子成长。他们害怕时间的前进，害怕风的吹拂和水的流动。他们忌惮接触自然，认为自然是一切变化的源头。镇民们尽量避免自己碰触生命力过于旺盛的草木，并教导自己的孩子远离这些咀嚼太阳的、绿油油的恶魔。所以理所当然地，这位飞速变化的，甚至拥有自然美的“傻子流浪汉”遭到了所有人的排斥。他们对他恶语相对。性情温和的熟食店老板看到他走近，也会把他赶走，还不忘看着他走远以后，谩骂一句“傻子乌尼戈”。四处的质疑悄悄从门缝钻进来，他们不理解我为什么让一个傻子住下来。我对镇民们表现出的巨大的敌意感到愤怒和诧异。他们以歌代泣，轮流来到我家门前对着钥匙眼唱歌。他们唱“害群之马”，唱“乌尼戈在破屋顶上排卵”。倘若我抛开良知去听他们的歌声，会感到风正偏离正确的方向，甚至自心中钻出一股沉重的期待——这是传递的力量，我不置可否。那条曲折狭窄的小孔道像喉咙般因歌声膨胀着，直到我站在门外向孔里插入钥匙，钥匙“叮当！”一声摔落在门对面的室内地板上时，他们才有所收敛——因为柳泽真由娜可以透过涨大的钥匙眼毫无障碍地窥见他们的悬雍垂，并通过悬雍垂辨认出他们具体是谁。

那天，我家门口响起了争吵声。乌尼戈和俄日敦德日格勒的裁缝站在我房前的小路上。裁缝指着乌尼戈的鼻子，疯狂地咒骂他。我当机立断，决定像一位拥有很多孩子的父亲那样制止这场闹剧。“你这个傻子！”他突然大喊着把乌尼戈愤然掷到路的末端。我愣在那里，发出难以抑制的惊呼。可怜的乌尼戈几乎散架，但他似乎完成了一场完美而彻底的奉献，与路面依偎紧靠，高兴得噙满了泪珠，宛若置身天堂之中。柳泽真由娜最近在忧心忡忡地进行着减肥计划，饥饿使她的感觉异常敏锐。她冲出家门将倒在地上的乌尼戈扶了起来，我看见他们端坐在一颗圆圆的太阳前，感到不可思议——他们看起来像叠在一起的勺子。

那位此时应是满脑子血腥话题的裁缝叉腰站在原地，小里小气地缩着脖子和肩膀。他仿佛被剃须刀切入了眼球，眼球里泛着伤痕累累的光。我好奇地问他：“发生了什么？”他指了指草丛里的红嘴松鸡问我：“那是什么？”

“松鸡。”我毫不犹豫地回答。

“你看！那个傻子这么问我，我就是这么回答他的。”

“那你们为什么争吵？”

“他说，只有我们能看到的这面才是个松鸡，你不知道我们看不到的那面具体是什么。”裁缝的牙齿都在打战，他用力拍了拍自己的胸膛，“听了他的话，我感到很愤怒。他侮辱了我，侮辱了镇长女儿的裁缝。”

人的愤怒往往来源于恐惧，而“自然恐惧”或乌尼戈的“这一面，另一面”的恐惧又是力大无穷的。我无法安抚他，只好装聋作哑着走回了家。不久柳泽真由娜牵着乌尼戈的手走了进来。乌尼戈身上的瘀痕就似树的指纹，他的小耳朵就像岬角，此时血淋淋地滴着血。他注视着我，黑漆漆的眼眸像漂浮在奶面上结成薄衣的油脂。我想那片小小的眼眸定是镜子的背面。在忽略视神经和外直肌的前提下，翻滚他的眼珠，让眼球的另一面面对我，倒映出的一定是一只将要死在空花瓶里的昆虫，或是一位戴着眼镜略显死板的老教授。但如果我不将眼珠翻过来，就让它那么待着，那镜面里百分百反射出的是乌尼戈的世界——那里绝非他人所想的那样狭隘。它极具弹性，像附在牛蹄骨上的韧带织成的大网。这个空间对“自然”和“变化”有着无尽需求，有着对“乌尼戈”的感情的探索欲望——它就像一本敏感的笔记本，一个液压阀。这里包容一切审美冲突，崇尚黑艾日格的神圣力量。这种弹性世界安抚了世间万物对自身独立性所抱有的忧虑。意识不到乌尼戈的弹性世界，你就会被审美规范化，不断地模仿过去，置身于残忍的人类同化和无自由混乱。他们——这些镇民，害怕接触自然力，以至于自身拥有的自然力基础太过薄弱，丧失了美感，沦为“无生命”罪犯，在高楼的护栏处充满犹豫地向下看。他们干不了别的，除了教自己的孩子在冬季拧开暖气。

镇民们处心积虑要消灭傻子乌尼戈，他们把这种暴行转化为收获无限精力的神秘来源。他们折断了乌尼戈的红色球拍，甚至趁柳泽真由娜不注意，偷偷剪他的耳朵。镇里的老妇人们终日坐在门口，提着棒针，渴望将它捅进乌尼戈的脚掌。就连小孩子也渴望将他驯服，他们用胶带缠住他的嘴，避免他说话。他们让乌尼戈跪在长满刺的蝥麻子上，用自己父亲的皮带抽打他。回家时，乌尼戈的膝盖变得像瓢虫的鞘翅一样又红又亮，肿得像红气球。柳泽真由娜哭着为他涂小苏打水。我们竭力控制这种悲观情绪的影响，但悲观感受已经萌发了。对镇民们糟糕的“消灭乌尼戈计划”所造成的创伤，我仅仅实施无害化处理。这虽有悖于我自身的品性，甚至被柳泽真由娜称为“彻头彻尾的铁石心肠”，但我依旧不曾插手，我认为这是大事发生的前提设定。这里提到的大事，可以是“自然之爱”“宇宙之爱”或是“失去协调”。我的行为——应该被称为“彻头彻尾的现代精神”。

“在他住下来之前，镇民们只是对他表示敌意，他们在远处窃窃地发出嘘声，但并未欺负他或是弄疼他。但现在——乌尼戈成为了我们的房客，人们却开始羞辱折磨他。这是为什么？”柳泽真由娜给我写了一张小纸条，偷偷塞进了我的头发里。我阅读完毕，将它戳到破旧的木挂钩上。晚饭时，我向她解释：“他们早就想这么干了，他们认为乌尼戈有毒，所以不敢动手。就像你烹饪蘑菇前会用葱在蘑菇盖上擦一下一样。”

“是什么促使他们开始烹饪蘑菇的？”她问。

“他成为了一名房客。”我说。

花儿从圆熟到枯萎，我们迎来了冬季。除了裸体的树上多出的斧痕，这个冬季没有任何变化。

俄日敦德日格勒[1]的裁缝——邪恶的失败者，恶意潜入他的心中，在这个寒冷的死气沉沉的冬季，他想出了一个消灭乌尼戈的方法。他充分利用了俄日敦德日格勒的权力。俄日敦德日格勒是家里最小的孩子，一个六岁的小女孩。俄日敦德日格勒的父亲在有她之前是个有名的穷光蛋，甚至卖了祖传的鼻烟壶买酒喝。有了她之后就成了富可敌国的大富豪。因为俄日敦德日格勒吐口痰都是块金子。她出生的第二天拉了一泡柏油状的绿黑色胎粪，不知是与空气中的二氧化碳产生了什么化学反应，三分钟不到那泡胎粪就变成了一大块西峡碧玉。她的父亲多半还是头一回陷入财富错综复杂无穷无尽的奥妙之中，他扒开女儿的肛门想知道这奥妙从何而来，被女儿放出的马奶酒味的屁熏醉了。当他察觉到小女儿被剪下的指甲变成了钻石碎，尿液发出辛辣的香味，脱落的胎发全部变成庞巴迪的私人飞机飞走时，他才意识到一个事实——他发财了。于是本来给小女儿取的名字“杜达古拉”[2]也被改成了“俄日敦德日格勒”。

1 俄日敦德日格勒，含义为堆金积玉、腰缠万贯。

2 杜达古拉，含义为“招弟”。

俄日敦德日格勒从疼爱她的姐姐那里得到了一个白色的小花瓶，她非常喜爱它，执意要在里面插一朵世界上最漂亮的花。镇长极力反对，认为属于自然的花朵会改变俄日敦德日格勒，使她丧失在新陈代谢中创造财富的魔力。

“你们可以找个花的替代品取悦她。”他说。

裁缝知道后，当即捧着一本封面上镶嵌着宝石的日历去找达林台——俄日敦德日格勒的护卫。俄日敦德日格勒虽说拥有制造坚硬的钻石的能力，骨头却脆得惊人，稍不留神就会被折断。她的父亲生怕她脖子里掌管生命和财富的珍贵骨头被扭断，于是给她找了一位强壮的护卫达林台。达林台肌肉发达，身强力壮。他力大无比，忠心耿耿，服从一切命令。裁缝无法直接接触俄日敦德日格勒，于是他开始接近与她寸步不离的达林台。我亲眼所见——他们在一棵树下交谈！那本被夹在他们两人之间的日历是态度暧昧的背叛者。它自身没有任何动力和方向，却为这群邪恶的人们创造力量，提供方向，搅起一阵暴行涟漪。

那天，我知道厄运即将降临，心中不无一种大祸临头的预感。我体内反应异常，脑海掀起大波澜，不断地冲柳泽真由娜开些过于辛辣和危险的玩笑。她褪去血色的脸看起来干净极了，像刚匀过粉那样细润：“边巴，出了什么事儿？”

“恐怕连我自己都不知道。”

马蹄把地上的雪踏得嘎吱作响。我绝望地惊呼，阻止柳泽真由娜将大门打开。“我们不能让客人待在门外！”柳泽真由娜直截了当地说，坚决又严厉。

我只能眼睁睁地看着她打开了门。推开门后，马尿散发出的缕缕氨化物的味道涌入室内，达林台骑着马慢悠悠地靠近我们。他定在牧区生活过，骑马来时极其忌讳惊动别人的畜群。哪怕我们根本没有畜群。马儿结冰的马具下，看得到它肌肉如波浪般鼓起。这是个非常强壮的马儿，就像它的主人。达林台轻松地拉着缰绳，似笑非笑，他的大腿和臀部熟悉烈马背上的每块肌肉，于他而言，没有比征服一匹烈马更轻松的事了。见我们出来了，他翻身下了马。达林台颊上凝起冰珠，浑身湿透，身上的泥污结成硬块。

“您好吗？”他礼貌地打招呼，同我握手。因为惊恐，我的蛀牙全部噤声不语了。黑夜突然且猛烈地降临，他庞大的身躯变成了一团模糊的影子，他仿佛与黑夜沆瀣一气了。达林台俯下身轻轻拥抱了我，我的灵魂遭受了痛击，感到了过“鬼门关”的痛感。

“边巴！我们要让客人进门，外面太冷了。”柳泽真由娜提醒我。我不知她是否感知到厄运即将降临。她极其敏感，她经常要在噩梦后泡洗自己的枕头，她认为噩梦会钻进枕头，填满里面的荞麦壳。我们一起进了屋，柳泽真由娜让他坐在沙发上，递给他一杯茶。达林台直奔主题：“边巴老师，请把乌尼戈给我，那个像花儿一样的男孩。”他边说边从怀里掏出了一本封面上镶着宝石的日历（这位背叛者！），指着一个被红笔做了记号的日期：“就在今天，他开得非常好。”我把我认识的每个字都推到嘴唇边，反复斟酌和修改，最后搞得自己冷汗直流：“她的花瓶有多大？”

达林台露出牙齿笑了笑，握紧了拳头在我眼前摇了摇：“大概这么大。”

我的眼前一黑，一团无声无息的泥块塞住了我的嘴巴。我让自己的脸上尽可能惟妙惟肖地展现出与他脸上相同的表情。柳泽真由娜坐在一个角落里，只有她知道乌尼戈在哪里。她弓起肩膀，理顺着自己被打乱的羽毛，膝上的托盘里是一把锋利的水果刀。她随时准备在达林台的火焰中烧焦自己的羽翅。房间里充满了各种力量，这些力量像一团团湿漉漉的脂肪，被一根理智的纤维胡乱地串联起来。我必须阻止悲剧发生。

“这不可能，你根本不用尝试，你会失败的。达林台，乌尼戈现在有一米六，五十公斤。你不可能把他塞进拳头大的花瓶里，你根本不用尝试……”

“如果我成功尝试了失败，那么我到底是成功了还是失败了？”他突然问我，轻轻揉着自己的大腿，继续说，“您是镇里知识最渊博的人，我非常尊敬您。您要知道，把一个东西变小的方式永远比把它变大的方式多。您想一想修剪羊毛或者压缩饼干。”

“我不否认你为了取悦她而付出的艰苦努力。达林台，可你不能这么做，我们的祖先……那些将摇篮系在马背上的伟大的英雄们，他们的信念不减……”

他现在把注意力放在柳泽真由娜身上了，口气冷酷又令人毛骨悚然：“要么您把乌尼戈给我，要么把她给我，我可以把她卖到花篮子里。”

人心为什么这么复杂善变？我从沙发上噌地一下站了起来。我的脖颈全湿了，我的皮肤散发着一股恐惧的臭味儿。我意识到自己无法阻止错误意识的涌动。我感到一波又一波的战栗在身体中忽上忽下，以至于我的声音听起来像个小孩子：“达林台！你这个畜生！他们不会愿意干一只小鸟的！”

“他们的小鸟愿意，边巴老师，”他笑着说，“把乌尼戈给我，或者我买下来。”冬季奇怪而简单的气味和他身上的羊膻味、汗臭味裹成一个大气球塞进我鼻子。这些残忍的话和味道让我抑郁，我动作僵硬地把衣领整理，试图驱散这种抑郁的气氛。突然间我像尊雕塑般一动不动，因为我看到乌尼戈从厨房跑出来了。空气凝滞的屋内，每个人的视线都停留在了乌尼戈身上。他睁着自己困惑的大眼睛，频频摇头。柳泽真由娜紧紧握着水果刀哭泣。

“这不就对了。”达林台起身拍了拍我的肩，向乌尼戈走去。傻子乌尼戈完全不知道逃跑。达林台用两根手指捏着乌尼戈的后颈，将他拉出了门。乌尼戈回头看我们。我正在拼命阻止柳泽真由娜扑上去用水果刀刺杀达林台：“不可能的，你连他的皮肤都刺不破。”我想我的理智和严谨成为了我绝望和痛苦的根源。有时我竟渴望自己变成一个傻子，呼吸空气和咀嚼植物都能令自己感到愉悦。我从不自夸聪明，因为那就像囚犯夸耀其囚房敞亮一样。

远处突然传出了惨叫。我急忙向外看去。原来是乌尼戈突然跳起来咬下了达林台的鼻子。达林台捂着鲜血喷溅的鼻子，抬脚狠狠踹上乌尼戈的肚子，他“哐啷——”一声撞上大门，全身的肉都在颤抖。达林台扯过他的衣领将他狠狠按在大门上。乌尼戈的后脑勺儿与大门碰撞，发出了骇人的巨响，他再次发出了鸽子一样的“咕咕”声。疼痛彻底激怒了达林台，他狠狠砸了几下乌尼戈的脑袋并冲乌尼戈血肉模糊的后脑勺吐了一口唾沫，抽出了自己的弯刀。达林台的蒙古弯刀用钢打制，刀刃锋利无比，削铁如泥。弯刀长度足足有二十厘米，刀柄与刀鞘是银制的。刀鞘上还镶嵌着漂亮的宝石。达林台低低的眉弓下是一双阴沉的眼。我放下尖叫的柳泽真由娜，冲上去阻止他，他竟然一拳捣上我的脖子！被击打脖子可是痛苦万分的事，我感到脖颈滚烫剧痛。我躺倒在地，捂住脖子，拼命咳嗽。我想肯定有骨头断掉了，我咳出的血像虫子，扑哧扑哧落在地上。我感到窒息，一块骨头突出错位，将我脖子的皮肉顶出了一个小小的尖角。达林台没再管我，他坐在乌尼戈腰上开始打他，他双腿肌肉紧绷，像一个铁箍紧紧卡住乌尼戈。随着达林台的痛击，乌尼戈逐渐呼吸困难，脸色发青，指甲发紫。他开始拼命吸气，却被达林台的弯刀割断了喉咙！

那些细微的光在吃了血的雪中无法控制地出现了，雪地里有无数的隐形人发出声音，这些声音将我的疼痛硬化。我想伸手抓住自己熟悉的声音，却陷入某种可怕的思维混乱。“你们才是傻子！你们在为自己签下罪状。”我终于听见自己的声音了。这一句话耗费了我全部的力气，我浑身无力，脸贴着雪面，声音和痛苦均被它精巧的白色长网吸收。它擦洗我的瞳孔，冰冻我的牙龈，使用的力气是那么的固执己见，像在摘除高脚蛛的网，像失眠者吝啬的闭眼。雪中的每一粒地球尘埃划伤我的眼球和硬邦邦的牙龈时都能为我带来欢愉和遗忘。它如无色的母亲般将我藏入秘密潮流，造成我奇异的、在人世间的短暂缺席。

我做了一个小手术，喉管里也因此充满了血的臭味，我感谢我的死神表现出巨大的耐心，虽说这就像一出票价低廉的劣质闹剧。出院后，我回到家，看到乌尼戈站在门前迎接我，令我心颤的是——他竟然没有了影子！

“他开始生活在黑夜里了……”我无比的心痛，却又感到欣喜，因为他并未消失。当我猛然发现乌尼戈闪闪发光的眼中竟满是神圣的宽宥时，不由得冲上去拥抱他，我们泪流满面。

“你缺了一大块！乌尼戈！”我悲伤地说。

“唯一能填补我的是虚无。”他亲吻我。

乌尼戈身上发生了一些变化。他无法维持“漂亮男孩”的形态，他总是白发苍苍，脸孔黑得像岩石。乌尼戈在夜晚跪在地上冲着泡菜坛喃喃自语。他已没有了自然美，但依旧会唱只有柳兰花或是马兰花才听得懂的神奇音乐。悲剧发生的那晚他原谅了一切。

达林台因为没有了鼻子失去了自己的工作。因为俄日敦德日格勒一见到他就哇哇大哭，眼里滚出形状不一的锂辉石。镇长不得不在她下巴上套一个袋子，用来收集宝石。

不知是谁报复了我们——向我的房子里扔进了几条短短的毒蛇。它们只有我的指甲那么长，杧果丝那般细。这些向日葵色、藤黄色的毒蛇看起来就像玉米饼的一部分。我经常扭下玉米饼的一小块，将它放在掌心缓缓揉搓，直到它变成大米粒一样才塞进嘴里。我的厨娘曾评论说，这种恶童般的举动令我散发出单身老头儿的怪味。我的书桌下也因此经常出现黄色的“大米粒”，柳泽真由娜见怪不怪。正因如此我们根本就没有发现它们——这些毒蛇，直到它们吐出邪恶的紫色芯子。它们竟然爬上了我的书柜，钻进了我的书里。哪怕柳泽真由娜向它们撒大蒜和雄黄粉，它们也无动于衷。当我把怒气撒到她身上时，她愤怒地说："我有什么办法？我又不是走鹃！"最后我只得架起梯子爬上去，小心地用手捏住它们，然后用一把小镊子撬开它们的嘴，强行拔出毒牙。这些小家伙竟是管牙类毒蛇，它们有像注射器一样的牙齿，牙齿中空，连接蛇的毒腺。我拎起我的书，书页变软成波状。我看到在页角处，毒液堆积形成了一个紫色的三角形——它滴滴答答往下淌着毒液。

"你为什么要用镊子？"柳泽真由娜帮我扶着梯子。

"它们太小了，"我说，"我的老天爷，太恶心了！蛇长着一张镇长的脸。"

"我的书都湿透了！它们咬了不止一口！"

当我把毒蛇们丢进山沟里，以为事情结束了时，柳泽真由娜突然拉住我大喊："它们中毒了！"

"什么？"

"你的书！"

哦！这群野心勃勃妄想征服世界的毒蛇！眼前恶毒的

场景令我恨不得蜷缩在自己体内，产生了第一次嗅到自己体味时的羞愧感。惨遭毒液入侵的书本，变得像破绽百出的茶歇，每一个字都被错误的意志镀亮，变得耐磨结实，仿佛再也无法被修改。某些盲目满溢的借口正在将它们接管。我听到一阵阵可疑的不幸的掌声。它们，这些失去轮廓的书本，吸入大量的氧气，使我变得通红，不得不与它们苦苦争夺氧气——它们妄想让我的心停止搏跳。我如盯着宿敌般全神贯注地盯着这些下流的错误书本。那堆积在页角处的膨胀的巨大的紫色三角气球鼓动间发出意外的韵律，仿佛正从被没有口袋的裹尸布掩盖的人面羔羊腹中为我带来深深的祝福。

我陷入了窘境。在仿佛患了啤酒病的夜晚，我的梦境中不断涌现出无数个旋转的紫色三角形，使我痛苦不堪。我曾怀着一颗躁动不安的心四处奔走，寻找那些藏着知识的书本，我也的确做到了。但如今，当我被这噩梦般的场景扰乱头脑时，我才发现，我寻到了知识，却并未寻到智慧。这一认知终止了我全部的交际活动，我变得胆怯，总是对着食物强颜欢笑。柳泽真由娜为我购置了崭新的图书。她常常用含有试探意味的目光与我对视。我和她谈一些琐事，她则抱来动物的幼崽让我抚摸它们。柳泽真由娜开始穿漂亮的绿衣服，腰间系着一条彩色的腰带，她看起来像温和的气候。我记得有一天，她嘱咐我好好休息后便穿着厚厚的大衣，戴着一顶大帽子出门了，她也许要去买菜或是调味料。柳泽真由娜迈着轻松的步子，轻轻哼着调子，她只会哼两种调子——“圆满”和“重逢”，那调子听起来像小鸟的啼叫，清脆悦耳。因为她的关心，我终于又再度怀着感激重回世界，与人互动。

以上故事我是用西里尔蒙古文写下的，接下来的故事我要用自己比较熟悉的回鹘式蒙古文记录。

虽说大家处心积虑要乌尼戈消失，但他们从未得逞。乌尼戈从不显示出隐藏自己的样子。他在镇子里遭受折磨，变成黑色的老人，但他身上却源源不断地传出和谐和安宁的光明力量。他看起来像即将到来的春天——翠绿而饱足。人是在自然造物的手中被塑成千姿百态的，她把我们塑得可爱，我们将自己破坏成可怜，我们并未意识到自我的艺术价值，甚至破坏他人少得可怜的艺术价值。在乌尼戈成为我们的房客的这几个月，我们彼此间隐藏许久的关系慢慢得以确认。我们爱他，他也爱着我们。我们肯定他的艺术价值，他也肯定我们的。他填补了我们的空白，唤起我们年少时的欢乐。

春天到了，大自然铺青叠翠，镇子里满是豆荚爆裂的声音。喜鹊开始筑巢繁殖。

三月初的一天，乌尼戈大叫着冲进我的房间，我屏住呼吸，惊恐地注视着他。乌尼戈的头发上粘满绒毛状的尘埃，裸露在外的胳膊上布满了细细密密的伤痕。他的左脚因残疾萎缩了，黑得像岩石一样的皮肤因为疼痛变成了粉红色。他的衣服被污泥溅得肮脏不堪，口袋里装满了别人吐出的痰。乌尼戈抱着一只又胖又亮的大喜鹊。他的脸涨红，脖子僵硬地挺着。

"你这是怎么了？乌尼戈？"

"边巴，你看我发现了什么——一位伟大的画家！"他将那只喜鹊按在我的书桌上，就在我的茶杯旁。他兴奋地说，"这只喜鹊在我肩膀上画了一幅画，边巴。"他边说边蹲了下来。

我凑近他的肩膀，果然看见了一幅白色和褐色相间的鸟的自画像。鸟像《捷娅科娃像》里二十三岁的捷娅科娃一样文雅娴静地将头轻轻偏着，因为乌尼戈的肩膀实在是太窄了，画中的鸟不得不局促地硬挤在狭窄的画框中。我猛地捂住了鼻子：“快把肩膀上的鸟屎擦干净!”那只喜鹊在我的吼声里不急不慢地呷了一口杯子里的茶。它的眼球好不害羞地朝外凸出，此时此刻，它是否沉浸在自身的伟大之中？

“我要把这块布剪下，用圆角形式的框把它装起来，然后用卡纸盖边，用有香气的玻璃覆盖画框正面，画的背板必须用银质的射钉枪进行固定……”他发表着自己的言论，因为镇里的年轻人强迫他嚼玻璃，乌尼戈的声音充满了痛感。我用两指捏住喜鹊黑色的跗跖，防止它撞倒茶杯。

“带着你的大画家离开。”我低声说，“它们总是制造麻烦。柳泽真由娜要回来了。”

“它们没有制造麻烦。”

“你上次也带来了一只喜鹊，就在星期六。那只喜鹊仰躺在柳泽真由娜的蜂蜜罐里睡了个午觉。它的背部把蜂蜜染成了蓝绿色，柳泽真由娜因此大骂了我。”

“她不会为这点小事生气的，她也是从蛋里出来的，她喜欢下蛋的小鸟。”

我的语速飞快：“她不听我解释。我刚从墨西哥国立人类学博物馆回来，她执拗地认为我在蜂蜜里洗了毒蘑菇。”乌尼戈对我的话充耳不闻，他执意要用我的剪刀剪下自己肩膀上粘着鸟屎的那块布料。我毫不犹豫地递给他剪刀，并趁他不注意开窗放走了那只喜鹊。

傻子乌尼戈很快就发现它不见了，他并没有表现得多么失望。乌尼戈将身子探出窗外，注视着渐远的喜鹊。他的姿势像是将要起飞的鸟儿。

“啊！”乌尼戈突然发出一声尖叫向后直直倒了下去。我急忙扑到他身上，看见他按着自己的一只眼——它正汩汩流着血。一块粘着血和泥土的三角形石头滚到了我脚下，窗外一阵鄙视的笑声哄然爆发开来——是镇民们！我的耐心消失殆尽，冲他们大吼：“你们在干什么？这实在是太过分了！”

一个不友善的声音在做响应：“傻子乌尼戈！我们在惩罚他，他往鼬鼠洞里丢石子，让它们磨牙，搞得今年鼬鼠多得吓人。”这种生活在内蒙古大草原上的小动物一生都在忙忙碌碌，不停地寻觅着食物，并将数量庞大的食物储存到自己的洞穴里。它们行动不便时会藏在洞里，以这些食物维持生命。它们需要啃咬硬物，磨短门牙，否则就会因门牙无限生长而无法进食。鼬鼠自己并没有收集硬物的习惯，所以它们往往活不了太久。

“我没有，边巴。”乌尼戈伤痕累累，不住哀鸣，他的眼神似乎在说他有什么不明白的地方。他松软衰老的皮肤上刻满了像草皮一样的伤疤，他纹丝不动，毫无还手之意，哽咽着说：“我不会干那样的事情的，那是不对的。”乌尼戈很容易忘却身上的疼痛，但现在他却仿佛迫使自己记住疼痛，他痛得发抖，汗水顺着他的脊背滑了下来。“这是他的底线，”我不禁这么想，“他们触碰了乌尼戈的底线。”窗外的行凶者早就跑远了。我扶起乌尼戈，为他包扎伤口。他轻声对我说：“边巴，我的好朋友。给我一根没有洗的胡萝卜吧，或是一碗黑艾日格。我该走了。”

但是他失败了，他被镇民们抓了起来。

镇里的鼬鼠的确变多了，它们铺天盖地地涌出，满大街乱跑。灾难轰鸣着落到了这个小镇里。母亲们死死将孩子拴在背上，防止他们溺死在鼬鼠群里。镇里的房子都被鼬鼠吃光了，人们甚至无法找到盛水的容器。他们用铁板盖高高的房子，防止鼬鼠的啃咬。镇民们一口咬定这场灾难的元凶就是乌尼戈。我和柳泽真由娜尽力维护他，但根本无济于事。乌尼戈被这群疯子拉到广场上，当着众人的面被毫无人道地注射了硫喷妥钠[1]，当场变成了无数片齿状的娇叶，被一股脑儿塞进了火化炉里。他们兴奋地欢呼，载歌载舞。

人们也是在做完这件事后才意识到这件残酷的事情对身边的人、对家庭造成的可怕影响。他们已经到了异化的边境——他们逐渐发现自己的身体内部萌发出了一种无法忍受的负担，他们甚至开始呈现出诅咒的外貌特征，他们的生活开始掺杂恐惧。这种恐惧在早期鼓舞他们进行悲剧性的狂欢，在后期却导致他们对生活的欲望消极麻木。他们开始用不喝水的方式使自己和别人从这一切痛苦之中解脱出来，直至死亡。

两个星期后，所有的人毫发无损地死掉，尸体粘在高得像是要把天戳破的铁房子的屋顶上，连苍蝇都飞不上去。

乌尼戈成为灰烬的那天，柳泽真由娜出门了。她依旧迈着轻松的步子，哼唱着“圆满”和“重逢”。她没有再回来，我的厨娘像她清脆的鸟啼一样随风而散了。

1　硫喷妥钠，一种静脉全麻药。

我辞了职，搬出了镇子。我的姐姐住在离镇子不远的扎格斯台，我带着为数不多的行李和她住在了一起。亲情的力量使我从悲痛中走出。我常常和她坐在门前的摇椅上看鸟群飞过，看树下窸窣生长的温煦。每当我的姐姐拉开窗帘，打开窗户，将我轻轻推出门外，嘴巴里嘟囔着“心情不好就出去晒晒太阳，你也是一株植物”时，我都会意识到自己终于回归了。

有一天，我和她行走在扎格斯台的乡间小路上，这是一条蜿蜒如蛇的泥路，两旁是一间挨着一间的砖头小屋。远处响起一串串孩子的笑声。我们走得很慢，这速度令我陶然若醉。我们要去哈布尔家，她生下了一个可爱的小女孩，我们要将精心准备的礼物送给她，以庆祝她获得了生命。

路途中，我遇见了我那被烧成灰的房客——他可能是被风吹来的。乌尼戈仰躺在一捆捆散发着芳香的木枝旁，迎着阳光，每一寸皮肤都充盈着生命。乌尼戈的掌心里长满了小巧玲珑的草，里面蛰伏着草爬子。他的每一个关节腔里都有蚂蚁在建造新的宫殿。鸟在他额头上产卵，山羊在吃他影子里的草。他仍然在呼吸，胸膛轻轻起伏，像个摇篮一样使他胸前的小动物们昏昏欲睡。他竟能与自然如此完美地结合在一起，这可爱的场景令我心醉。他依旧是初次见面时的“漂亮男孩”，这种去而复返后已有所改变的音乐般的美丽仿佛在告诉我——生命仍然一如既往地缓缓前行。这就是他一生都在听从其召唤的命运。我们的朋友乌尼戈永生不息——他只是用自己的方式消失了。

我并未停下脚步，心中一片平静，就像看到跃出水面的鱼儿又坠回了水中。

声　音

阿拉坦巴图躺在悬崖边的草地上，他的鼓膜疼得厉害，讨厌的噪音令人绝望。他已经无暇去听蚯蚓演讲《自由或死亡》了。它讲到“你们不能依仗打内战的武力去统治异常软弱无力的妇女”时停了下来，怯生生地缩回了土里。它解释说：“演讲稿被雨水浸泡，字迹模糊了。”阿拉坦巴图才不信它的鬼话，他把演讲稿埋进土里时为了防止这种事情发生，便仔仔细细地在纸上粘了一层透明胶带。当他扭身想把蚯蚓挖出来时，发现它早已跑远，寻不见了。他只好疲惫地开始寻找掉队的绵羊，它们和嚼粪便的山羊混在一起啃草，仿佛即将要继承家产，个个都圆滚滚的。他走过去摸了摸绵羊脖子上皱成褶子的皮。

愤怒的阿拉坦陶卜其穿过斜斜射入云彩的一道道阳光

小跑过来，肩上背着装辣椒的白色的布包，手里提着圆滚滚的水壶。那个水壶在炎热的夏季会不断涌出芝麻味的水，到了冬季便会变得干硬无比，被孩子们当作皮球来踢。她很快来到阿拉坦巴图身旁，用力捶打他的胸膛，她的拳头又冷又硬，像冬天的玛瑙。阿拉坦巴图吓坏了，他像兔子一样跳了起来:“不不，你不能打我。”他的表情带着紧张引起的轻微痉挛。阿拉坦陶卜其再次握紧拳头用力捶打阿拉坦巴图的胸膛。他呻吟着倒在地上，却不敢还手。阿拉坦巴图知道自己太过胆小了。额吉也经常为他的胆小苦恼。他不敢游泳，他很难接受新的食材，他害怕漂亮的女孩——美的事物往往生命力刚强，对人们视觉上和心灵上的影响力无边无涯。阿拉坦陶卜其脸色苍白，蓬松黑亮的头发粘在她的额头，她能在一堆漂亮人儿里高举胜利的旗。此时她的脸上浮现出一种不耐烦的、冷漠的神情:“你真是太过分了！你一直在偷懒，你害得羊拉肚子!”一次下雨天阿拉坦巴图没有及时把羊群赶回家，害得羊儿们吃了太多雨后草，患上了胃肠膨胀病。几只小羊羔还患上了沤蹄。这事儿彻底激怒了阿拉坦陶卜其，她一直怀恨在心。阿拉坦巴图用双手撑起身体，嘴巴张开，露出鱼儿上岸后的那种无助表情："我没……"阿拉坦陶卜其不再理会他，赶着掉队的绵羊向家的方向走。原来已经到了回家的时间。阿拉坦巴图不太记得这条路了，阿拉坦陶卜其一直走在前面，他则踩着她的脚印，踩着硬硬的小草前行。他想起这里曾闹过一次小火灾。火把草烧成灰，灰随着雨水渗到土壤里，养分便又回到了土里。冬去春来，草还能照旧生长。

离家越近一种声音就越明显，那是一辆汽车行驶的声音。它发出的气门响声，皮带轮的响声，曲轴和活塞运转声，如同几十万人同时磨牙时发出的那种令人毛骨悚然的声音。磨牙声里偶尔混入一声尖锐刺耳的车铃声，那车铃声从家的方向炸开，响彻草原，之后又迅速消失。这声音令阿拉坦巴图产生了一种极大的忐忑，他甚至无法抑制自己的惊恐，他瑟瑟发抖。车铃听起来像火车过站的信号，铃声里哭诉着他乡的冬季是多么多么的漫长，它正在进行一次吃力且凄楚的逃离。不知走了多久，他才渐渐认得出这条路了。这条路他走过，在一个太阳将要落下的星期二，他踩在一只螳螂的脚印上前行。它身材苗条，长颈顶着三角形的脑袋，一对大大的复眼在宽大的头盖上。它有着淡绿色像纱裙一样的长翅，覆盖着腹部，镰刀般的前臂举在胸前。它细长的中足和后足缓慢移动，轻手轻脚向前走。它那三角形的脑袋不停地摇动，眼睛中的圆点看起来像人的瞳孔，它聚精会神地监视着眼前的一切。它身体的结构太过明显，和人类是那么的神似，看一眼就让人怦怦心跳。阿拉坦巴图情不自禁地趴在地上为它唱歌，这种行为对它的影响微乎其微，好似那些美妙的歌词和曲调只不过是缓缓穿过它身体的一团湿漉漉的雾气。

“我们必须要让它停下来！”

不远处的房子上突然响起牧林的声音，他站在屋顶上，由于情绪激动而抽搐着喘气。他的脚下聚集了一群神色疲倦的褐色母鸡。牧林愤怒地指着那辆早在二十年前就开始围着房子转的车子。车子是黑色的大发，引擎盖上画着赛车条纹，挡风玻璃被刷上了黑漆，上面还粘着两根雪糕棍。没人知道它是从何处来的，没人知道是谁在驾驶它。大发车以一百二十迈的速度行驶在房子外围，它的轮胎不知疲倦般飞速旋转。二十年都没烧完的汽油在发动机里面爆炸，发出放鞭炮一样的巨大响音。它太过破旧了，汽油里面的胶质、空气里的杂质混合着蒸汽在节气门和进气道处形成积碳，这不可避免地引起了爆燃爆震。

“我的小儿子都七岁了，还不会说话，整天都发出像汽车一样的轰轰隆隆声！我和吉木斯用棉花堵住了他的耳朵，他不再发出那讨厌的声音……”牧林急促地呼出一口气，腮帮子鼓起，像个为香蕉拼命的老猴子，“我的天！于是我的小儿子就开始学车跑了！他像动物一样四肢着地在地上跑！”他再次愤怒地大喊，“我们必须让那该死的车子停下来！”母鸡们纷纷表示赞同，但很快它们就兴致索然地走回鸡笼，关上门，不再理会牧林。

牧林为了让大发车停下来，在路面上泼胶水铺钉子，唱摇篮曲，甚至用了炸药。但根本没用。车子哪怕是被炸飞了，被炸成碎片，第二天依旧变回原样并在原来的路上转圈圈。在它身上唯一会产生的变化就是粘在挡风玻璃上的物品。大多数时候都是各式各样的雪糕棍儿，偶尔会是内蒙古卷烟厂出的将近两千元的“冬虫夏草”牌香烟的烟头，过期的镇痛剂的盒子，受潮的威化饼干，一本损坏的书或是几只深陷在潦倒之中的虱子——它们可能来自某个病恹恹的世纪。日征月迈，这辆不断地发出噪音，滑稽却令人感到恐惧不安的车子仍旧以某种戏剧性的姿态行驶着，从不间断。

牧林感到无能为力，他盘腿坐在屋顶上捂着脸痛苦地呻吟。这二十年来他没有一晚可以入睡，终日被浸泡在痛苦中。这些痛苦仿佛成为了维持他生命的某个肉色器官。他有着令人生厌的浑浊的黄色縠纱皮肤，像个得了痢疾的病人。他额上油透的发像是锋利的钢刀，孩子们甚至担心他那黏在一起的被风沙打磨的锋利无比的头发，会划开他的额头，或是戳进他的眼珠。他有个像狗一样的吊嘴，仿佛一张嘴口水会像自来水一样淌出来，但实际上他唇缝严密，绣花针也塞不进去。牧林是最好的猎手。他能在黑夜看清砖头地上跑过去的兔子的脚印，他能闻到几公里外的动物的气味，他一枪可以打死七只黑线姬鼠，有时他甚至能看出你的鞋子穿了几天……牧林一次猎到的猎物可以养活一村子的人。但他实在是太丑陋了。他路过一个房子，墙壁都会痉挛着发出尖叫声。他路过一匹马，马儿会四肢抽搐，露出牙，发出难听的呻吟，鼻孔中会激烈地喷出鲜血。于是他被村民们赶了出来。二十年前他逃到这里，娶了一个盲眼女人。妻子名叫吉木斯，半个月里只有七分钟是清醒的，其余时间都在熟睡。她甚至在分娩时都轻轻合着眼皮，发出猫一样的呼噜声。妻子吉木斯一共给他生了两个儿子和一个女儿。大儿子阿拉坦巴图刚出生时指甲缝里溢出生姜味，嘴唇上满是鱼齿印，令人惊悸不安。他是个有名的胆小鬼，不敢与人交谈，却一头扎进了虫子堆里。他的额吉总是担心他会迎娶一只螳螂做妻子。二女儿阿拉坦陶卜其是个出了名的大美人。她刚出生时耳垂是绿的，看起来像土里埋了种子，一沾水就要生根发芽。她的手指像冰块一样冷，多次冻伤吉木斯的乳房。她小时候比自己的父亲都要丑陋，谁知越长越漂亮——现在，只要她的小脸儿进入一个人的视力范围之内，那人定会泪流满面赞叹造物者所创造的奇迹。小儿子阿拉坦苏和模仿能力惊人，他一出生就会模仿他可以听到看到的任何东西。但他的模仿里有股说不出的傻气。他会模仿反复撞向玻璃窗的马蜂，会模仿吉木斯脸上的雀斑——把自己变成褐色并蜷缩身体。他模仿筷子上没有被吃干净的饭粒，模仿身份证上的剐痕。有趣的是，吉木斯每生一个孩子都会将牧林叫来仔仔细细地抚摸他的脸，然后感叹一句：“你的脸摸起来像小孩子洗的衣服。”在这悬崖边的草原上，只有他们一家人相依为命。

一只脏得几乎辨不出颜色的公鸡开始尖声尖气地打鸣，牧林抬起头，看见自己的女儿赶着羊群归来了。她将颜色鲜艳的头巾缠在头上，在右侧绾了一个小结，将头巾的穗头垂下来，看起来漂亮极了。大儿子摇摇晃晃着紧紧跟在她身后，他身上的紫色外套已经褪色，胸前沾满了泥土，外套上跃马驰骋的牧人只剩下了一团模糊的影子。他看起来像一只生了病的紫色的公羊，一种奴隶似的孤独注入他每一个笨拙的形态里。牧林顺着梯子往下爬，同孩子们一起进了屋。阿拉坦苏和枕在正在熟睡的吉木斯的膝头，他的脸圆鼓鼓、红扑扑的。他正在大声赞扬江格尔[1]的那闪射着日月光辉的妻子和智勇双全、忠诚无畏的勇士们。“哦！你们看看他！这个小家伙会说话了！”牧林喜出望外，扑过去啄他的脸，像在写蝇头小字的情书，他感到浑身瘫痪的喜悦。但喜悦并没有持续太久，因为他看见了吉木斯用口红在阿拉坦苏和脖子后面写下的字。上面写着“不，不要开心，他在模仿收音机”。牧林无法控制自己的泪水，他揉搓着自己像蚯蚓一样的手指，再次走出门透过泪水注视着那辆疾驰而过的黑色大发车——它的雨刷嗖嗖转动，刷去了早晨的雾气，也刷去了那两根雪糕棍。

阿拉坦巴图跑进后厨解开装满黄油的牛肚子的绳子，

1　江格尔，蒙古族英雄史诗《江格尔》中的主人公。

嗅到了一股浓浓的奶香和油香，油又亮又细腻，只有最下层凝结着一层薄薄的褐色黄油渣。额吉告诉他，鲜奶已圆的梦是乌日木[1]，未圆的梦是奶油。因为人们不会将乌日木再加工，除非迫不得已。所以乌日木是鲜奶无数个梦想中的一场已圆的梦，而奶油不一样。将它进一步深加工，就会炼成黄油。黄油是牛奶的升华，是梦想中的梦想。阿拉坦巴图用铁勺子挖出一大勺黄油塞进嘴里，用舌头压住，紧紧抿着嘴向后院跑去。正在洗脸的阿拉坦陶卜其大声喊他的名字："阿爸！巴图又要用黄油去喂螳螂了！"阿拉坦巴图躲避着她抛过来的胰子，死死关上了后门。熔化的黄油流进他横卧于腹腔内的胃，并在胃里面跳动起来，就像是有人在用指关节敲打他的胃。阿拉坦巴图跪坐在地上，用舌头顶出那块黄油。半熔的黄油顺着大叶章扁平的叶子滑下去，被早早等候在此的螳螂接了过去。它道谢的声音太小，但阿拉坦巴图依旧高兴地欢呼。突然它爬上了他脏兮兮的靴子，此时这只螳螂的声音大得惊人，惊飞了屋顶

1 乌日木，布里亚特蒙古族所特有的传统美食，以奶油、稠李子、蓝莓、列巴、米饭、白糖等原料制成的奶制品，制作过程繁琐。

上的百灵鸟。它像扩音器坏了的话剧演员，不得不扯着嗓子喊：“是什么这么吵？”

“是车子。”

“为什么车子这么吵？为什么不停下来？”

“阿爸说它被孤独折磨，只好造出噪音糊弄自己……不知道，它停不下来。”

“我要去问问它为什么不停下来，这实在是太吵了，”它严肃地问，“那么它在哪里？”

阿拉坦巴图指了指远处：“在房子的外面，它绕着房子转圈……我为你唱歌时，你为什么不理我？”

“因为我只有一只耳朵，不能同时听到两种声音。”它如此回答。阿拉坦巴图点了点头：“原来是这样。那么你当时在听什么声音呢？”

“落日的声音。”

“落日？落日有声音吗？”

“当然有，”它开心地说，“等你有时间了，我要带你去听。”他们互相道别。阿拉坦巴图推开门，孤独苦难无理由地向四面袭来。等待他的是阿拉坦陶卜其冰冷的拳头，阿爸无助的哭泣，额吉的鼾声和正在模仿墨水的阿拉坦苏和的黑色——那黑色在他皮肤上洇开，将被褥染色。

晚上，大地沉睡了。她发出圆润而动听的呼吸声，丰满的胸脯在草制作的被子下面柔软地起伏着。阿拉坦巴图躺在床上，阿拉坦苏和枕着姐姐的肚皮熟睡。冰冷的黑暗包裹着他们，黑暗中还混杂着木头的霉味和厨房里传出的咸菜的辛辣味。门被推开了，从那小小的缝隙里射进一道月光，螳螂轻手轻脚走了进来，在月光下它看起来精致极了。它跳到阿拉坦巴图枕头旁边，像刚从洪水中逃出来，身上还淋着水珠。阿拉坦巴图冲它哈气，想把它烘干。“那里有一个小水坑，一只死甲虫从上面漂过去了，它在我身旁翻了个身，我被撞进了水里。”它三角形的脑袋不停地摇动，螳螂忧伤地说，“没有。”

“没有？”

“没有声音，我看到那辆车子了，它只不过是一团影子，它没有发出任何声音。”

阿拉坦巴图震惊地睁开眼：“影子？”

“没错，是影子。那辆车子是空中飘浮的灰尘的记忆留下的影子。”

“灰尘的记忆？”

“它们是从很远的地方被风吹过来的灰尘，它们记忆力惊人，正是它们储存的记忆留下了这片阴影，”螳螂轻声说，“它们从城市来，那里的灰尘总是急着搬家，却不肯丢弃沉重的行李。”

“不可能，这怎么可能，如果车子只是团影子，那么声音是从哪里传来的?”阿拉坦巴图惊讶地问。

“我也不知道。”它说。

“这怎么可能呢……那我们听到的又是什么?”就在这时，阿拉坦苏和在睡梦中拼命地抽动身躯，像一个泳者拼命地迎击湍流，娇嫩的额头也因此不慎撞上阿拉坦陶卜其冰冷的手指头，他尖叫着坐起来，额头上留下了沙果那么大的冻疮。阿拉坦巴图焦急地注视着那块儿隆起的暗紫色红斑，将弟弟抱在了怀里。阿拉坦苏和伤心地提起小小的鼻孔，眼泪流了下来。他痛苦的目光久久凝视着阿拉坦巴图，没有一刻从他身上移开。阿拉坦陶卜其被吵醒，坐了起来。她全身的重量和怒气像是要将这裹着月色的夜晚压个粉碎似的。她全身被月光照得透亮。月光渗透进她的脸，她的睫毛因吸收了月光开始变长，逐渐变得像马的睫毛一样长。她一眨眼，厚重的窗帘都会被轻轻拂动。月光也为她种下了一层薄薄的胡子，阿拉坦陶卜其并不担心，因为胡子明早就会脱落。所有不美的东西在她脸上存活的时间都不会太久，一只善妒的苍蝇就因为站在她的睫毛上过久而变成了一块咸咸的石头。她脸色苍白，看起来死气沉沉，她觑了眼墙上的表："你们在干什么？"阿拉坦巴图指了指自己的弟弟："他被你冻伤了！"阿拉坦陶卜其凑过来看了看，她的表情如冰块雕刻的般绷着，声音严肃而低沉："不，他只是在模仿水龙头。"

"可他两只眼睛都在流泪！"

"他在同时模仿两个水龙头。"阿拉坦陶卜其轻快地说着，对他们的冷淡和轻蔑变得更露骨了。她重新躺回了床上。阿拉坦巴图爬起来为弟弟涂抹搓成泥状的山楂。完事后他开始寻找螳螂，发现门被关上了，房间里陷入了黑暗。远处车子的讥笑声变得无比清晰，它开始疯狂地骚动起来。一阵预示性的尖厉车铃声突然炸开，噪音的帷幕被拉开，开始缓缓地进行破坏，整个房间里也因此充满了嘈杂和恐怖。螳螂早已离开了。阿拉坦巴图不得不拥着孤独入睡。

翌日阿拉坦巴图清醒时，全身汗水湿臭，床下那些被掩饰的空气正在窃窃私语，谈论夜壶与床的距离。他看见弟弟正在模仿着一个床刷子，被他姐姐攥在手里用来扫枕头上脱落下来的胡子。阿拉坦巴图虚弱地阻止，被她一拳砸在肚子上。一直到放羊回家，肚子上的疼痛都令他头昏脑涨。阿拉坦巴图耳中不断响起拔螺丝的刺耳怪音、动物的哀嚎声和其他的一些撕心裂肺的噪音。这些噪音令他的发丝和指甲都产生了激烈的痛觉，他低声呻吟，感到声音像尖锐的钩子掏挖他的耳膜，他的心脏仿佛要被击穿了。可他一直在思考声音是从哪里传来的。他翻看着家里的三个收音机，他探头去看井底，他将自己塞进了鸡窝。他去询问马和羊，去询问铁锹的裂缝，去询问盛着藏约的瓷碗，去询问细微的沙粒们……但都没有找到答案。最后他绝望地坐在门前，鼻子发酸，眼睛被泪水覆盖，他用手遮盖住脸哽咽着，如同他的父亲。

“去看落日吧。”已经背上了行囊的螳螂跳上了他的膝头，因为天气开始变冷了，它轻轻咳嗽着，腹部缓缓鼓动。他们在草原上飞奔，奔向悬崖。一阵寒风顺着悬崖的岩壁呼啸而上，毫无滞碍地越过痛苦的峭壁，阿拉坦巴图用双手紧紧按住自己的帽子，以防它被吹飞。在胳膊的空隙中，他看到在远处的地平线上，太阳正缓缓沉下去。它用最后的余晖将万物着色——即将沉睡的天空，生机盎然的植物，孤独的房屋，匆匆归家的人们……万物被艳丽的红霞笼罩着，像被卷入了霍霍燃烧的火焰，被大自然重塑着生命的底色，强大的自然力给人震撼人心的美感。阿拉坦巴图激动得浑身颤抖，他的血液为这太阳的火焰沸腾，他的神经都在疯狂痉挛紧张起来！他从来也没有像现在这样感知到落日带来的快感和幸福！他情不自禁大声呼喊，声音与远处的山碰撞，摇摇晃晃着又传到了他的耳中。他被那声音猛地敲醒，仿佛从噩梦中惊醒！他打了一个冷战，浑身起了一层鸡皮疙瘩。

“我知道了！”他大声喊着，“我知道声音是从哪里传来的了！是我们，是我们的声音啊！”他急忙向家的方向飞奔，无暇顾及自己被吹飞的帽子和那只螳螂。他一直在大喊，笑容爬满了他的脸：“我知道了，我知道了！是回声啊，是回声啊！我们的心发出的声音，变成回声回来了！”他再也听不见车子的噪音了。他的心跳声仿佛与草原的心跳声达到共振的节奏。那跳动的声音如海水，二十年来从未间断的噪音被它顷刻淹没——整个世界陷入了一种惊人的寂静。

在他的身后，草原像一个透明的胃，正缓慢而无声地消化着人们吐出来的苦难和孤独。

昧　火

我的女儿甘狄克去帮姥姥挤羊奶，她本应该在中午回来的，却在晚上才到家。

她抱着一个被羊皮包裹的孩子，身上的绿色皮衣落满雪花。她正露出崭新的表情，这令我惊讶——甘狄克在开挖河道的声响中出生，身上总是有种奇异的安稳感。

“怎么这么晚才回来？亲爱的甘狄克，这是什么？”

“额吉，出了一点事故。”

我又惊又怕，甘狄克却镇定自若。令人无法想象的是，她在几年前还错把“闭眼睛”说成“关眼睛”，把“鹿”说成“坐”，如今她竟然稳妥地抱着一个来路不明的孩子，淡定地说着“出了一点事故”，行为举止像个大人。

“额吉，现在它是我的孩子了，我要叫她嘎乐[1]。”

“甘狄克，这不是你的孩子。”

“不，它是我的。”

她抱着孩子坐到了火炉边。甘狄克惹人怜爱，粉嘟嘟的脸蛋在火光的映衬下像甜蜜的糖果。老人们说她的可爱胜过春天，可以融化燕子们的翅膀，令它们坠落在她的私人轨道上。她小时候从来不会弄疼我的乳头，她还会可爱地窝在我的怀里像猫一样呼吸。我爱她，哪怕在如此古怪的场景里，我一听到她嘴里传出唤小狗的口号，看到她满脸微笑地注视着怀中的孩子，便也不由自主地笑了出来。

孩子的手从羊皮里伸出来，握住了甘狄克的衣襟。它的手背上覆着厚厚一层辣椒色的绒毛，小小的方指甲是耀眼的人工化的白。嘎乐抿着嘴，睁大了眼，仿佛在不动声色地进行着欢闹的计算。嘎乐的脖子又粗又短，肌肉发达，这理应是动物的脖子，因为它们不得不用肌肉紧实的脖子来保持脑袋在身体的前方。嘎乐的脸上还粘着血，甘狄克用手指轻柔地替它擦拭着。她甚至试图纠正它长得不正的

1　嘎乐，意为“火”。

嘴巴。

我为她的可爱和认真醉心，凑过去亲了一口甘狄克的嘴唇，抚摸她小鸡绒毛一样柔软的短发。当甘狄克还是小甘狄克时，她的头发少得可怜，以至于我给每一根头发都起了好听的名字。哪怕在冬日，她的头发和头顶都是热乎乎的，让人心软。甘狄克温顺地仰头亲吻我。

“它看起来快要两岁了……甘狄克，告诉我到底发生了什么?”

“额吉，你认识姥姥家的那只公羊吗?它叫吉·拉克申，没有牙齿，耳朵上挂着红色的耳标。”

“我当然认识，亲爱的，你姥姥是那么尊敬它，不忍心杀死它，希望它老死。”

“是的额吉，姥姥不想杀死它，可是吉·拉克申最近总是在人们要处理羊的时候跑过去，缠着刀子不放。”甘狄克的眼中倒映着我悲伤的面容，她接着说，“于是大家决定要杀了它。他们在吉·拉克申肚皮上切开一个小口，一个男人将右手伸了进去，然后他尖叫着抽出了手。我们赶忙问他怎么了，他指着手指上的齿痕，说被羊肉咬了一口。我们立刻就听到嘎乐的啼哭声从那个小口里传出，大家切开吉·拉克申的肚皮，发现了它。”

甘狄克抚摸着嘎乐手背上的绒毛：“它的后背、屁股上全部是这种红色的毛。像羊一样没有上门齿，舌头像人参果——圆滚滚的一块儿。它把大家都吓坏了。男工看到它更是哆嗦着跪在了地上，嘴里还喊着‘我的孩子’。姥姥一直在观察男工，见他跪下了，她二话不说回房拿出了她的猎枪，冲着男工的脑袋开了一枪——还好他躲得快，子弹打在了他的肩膀上。”

“哦，天啊！然后呢，甘狄克？”

“然后男工跑进了森林。姥姥命令所有人站在原地，她自己追了过去，”甘狄克说，“带着她的猎枪。”

“为什么呢？甘狄克，你知道她是个严肃却仁慈的人，她不可能冲一个男工……”

甘狄克摇了摇头。

“再说，吉·拉克申不是公羊吗？也许羊吃草时不小心把孩子吃进去了。甘狄克，孩子是不是在羊的胃里被发现的？”

“我不知道，额吉。”

甘狄克的嘴唇一张一合，话语很快填满了我们的房子，溢出了墙壁。我担惊受怕，反复检查门窗有没有关好，怕这可怕的故事传出去令草原褪了颜色。嘎乐在羊皮里狠狠蹬着腿，试图挣脱出来。它张大嘴呻吟，舌头果然如甘狄克所说的那样——像个球，随着它的喘息左右摇摆，发出滴滴答答的声音。哪怕在风和日丽的日子里看到如此可怕的孩子也是会做噩梦的，更别提这种风雪交加，没有月亮的夜晚了。我抚平肌肤上冒出的鸡皮疙瘩，骨骼也为之战栗。我颤抖着坐在了火炉旁，想让自己暖起来。

“额吉，我必须把它带来，他们会杀了它的。所有人都怕它，不敢接近它。姥姥肯定也恨着嘎乐，认为是它害死了吉·拉克申……我不想让它死去，它也是个生命。况且——吉·拉克申不是也决定救它一命了吗？嘎乐咬所有碰它的人，但它不咬我，我想……”

“你在想什么，我的好孩子？”

“嘎乐是爱我的，它选择了我。”

“甘狄克，它不属于你。没有什么是属于你的，你只有你。”

“可是，额吉，嘎乐都不咬我。”

“它不属于你，甘狄克，被你饲养不是它的命运。”

“额吉！这不是饲养！这是养育！我要教它读书写字。”

“甘狄克，你糊涂了，你太爱幻想了，你……”

“不！额吉……”

“砰砰！”

突然响起的敲门声打断了甘狄克的话，我们向门的方向望去。甘狄克抱紧了孩子，大大的眼睛里欢乐之泉已经干涸，追逐着那稍纵即逝的声响。她吓坏了，我赶忙凑过去，轻拍她的头，安抚她的情绪。甘狄克仰头望着我，黄蜂一样小巧可爱的嘴巴一张一合，想说什么却又说不出来，吞吞吐吐。

“砰砰！”

敲门声再次响起，一连串连接起来变成一种高鸣声。甘狄克跳了起来！强有力的巨响中，我和甘狄克的心脏猛烈跳动。

“是姥姥吗？”甘狄克问。

“我们应该开门，甘狄克。”

“不，别开门，额吉，姥姥会杀了嘎乐的！”

“不会的，甘狄克。”

“她开枪打了男工!”

“她怎么可能开枪呢？怎么可能伤害一个无辜的男工？你看错了。她一定没有开枪。她也不会杀死嘎乐的。”

“额吉！姥姥恨嘎乐，她会用她的猎枪干掉嘎乐的。”

“我去开门，把一切都问清楚。我们要相信她，她是仁慈的，她不会伤害任何人。好了，现在我要开门了，我的甘狄克，你跟姥姥解释清楚，说你为什么把孩子带来，然后把孩子还给她。你要听话，我开门了。”

甘狄克连连后退，露出模糊的表情。孩子们总是这样——希望被大人们理解，却又不想被他们彻底看透。

我走过去打开了门。我的额吉走了进来，她的肩膀上已经堆积了雪，我感到歉意。我拥抱了我的额吉，拉她进来，关上了门。她双颊通红，白发飘飘，突出的前额上有长长的皱纹。她瘦削的肩上背着猎枪，双手沾满鲜血，逼视着一切的眼睛闪闪发亮。她已经老了，可身体健康，至今没有人能在赛跑中超过她。有谁能说出老人的准确重量呢？他们有时候沉重如铁力木，有时却又轻盈如和纸。我不禁看向她沾满鲜血的手，回想起甘狄克说过的话，这血色立刻成为了一种令人不堪忍受的威胁。我不禁拉住她的衣襟，摇晃她，恐惧和窘迫被按照同样的比例灌进了我的嗓音里：

“哦，我的额吉！您杀了您的男工？”

“你为什么这么慌张？我可没有。”

我长长地呼出一口气。甘狄克静默不语，嘎乐一个劲儿地在羊皮里翻滚，它的存在实在突兀，犹如投机的谎言。

我的额吉接着说：“我在后面追他，他的血一直在流，他弯下腰握住一团雪堆在窟窿那儿止血，没有什么用，他很快就瘫软在地了。”

“您，您没救他吗？”

“我扒开他的衣服看他的肚脐眼里有没有羊毛。”

“为什么要看他的肚脐眼，额吉？”

额吉没有回答我，她勉强挤出一丝疲惫的微笑。痛苦和仇恨在她身后形成阴影，看起来犹如牦牛和干旱的河床。是什么在折磨着她？

“您说您没有杀了他的。”我的语气近乎哀求。

“我当然没有，相信我，我的好孩子。就在我想着他肚脐眼里的羊毛可以织一条羊毛毯时他就咽气了。这是他的报应。”

“什么乱七八糟的！是您杀了他！您为什么要开枪，额吉？他犯了什么不可饶恕的罪吗？”我试图尽我所能去理解这件乱七八糟的事情——再这样发展下去，我得帮她嚼饭了！她已经走到屋子正中央了，直勾勾地看着甘狄克和她怀里的孩子。她们的交锋迟迟不能展开。只有嘎乐发出盘旋的尖锐的喊声，几乎是在发泄怒火。甘狄克神情严肃，在胸腔里发出同样的声响，如嘎乐荡起的涟漪。甘狄克和嘎乐已经非常像母子了，他们偎依在一起，享受天然的爱。而甘狄克谨慎防备的目光令这画面看起来就像一则咄咄逼人的广告——“保护好你的孩子！”

“甘狄克，把它给我。”

“我不。”

交锋开始了！

“你真是个小傻子！好好看看你怀里抱着的是什么！”

“是个孩子！是条生命！除此之外它还能是什么？”

“它是个吃人的怪物！它把艾儒翰的手指咬断了，还吞了下去。”

“它只咬了一个小口子！您别听他们说的。艾儒翰上次还说自己的鼻孔里有毒蛇在冬眠呢，谁会相信他！”

"够了！快把它给我！"

"哦！我不！它是我的。"

"不要总是把'我的'挂在嘴边，这会带来不幸。甘狄克，把它给我！"

"哦，呜……我不。"

"给我！"

青少年天生恐惧出丑。甘狄克在姥姥命令般的话语中感到一种只属于年少时的难耐和羞耻。自己的决定被全盘否定，这令她痛苦地睁大眼睛，眼泪几乎要夺眶而出了。甘狄克执拗地抱紧嘎乐，冰冷的话语从她的小嘴里吐出，仿佛世间的愚行令她惊骇："您会杀了它的！"甘狄克是否把嘎乐当成了一场游戏？一场领养游戏？青少年热衷于游戏，这是他们的天性。你怎么能熄灭游戏之火呢？

额吉大步走过去，想从甘狄克怀里夺走孩子。我赶忙冲上去阻止她。我可怜的甘狄克一直努力维持的"大人"模样土崩瓦解了，萦绕在她心头的那小小的畏惧突然变得庞大起来，笼罩了她稚嫩的心灵。甘狄克发出尖叫，慌忙奔出屋外。我根本来不及阻止，她的衣摆像一只夜蛾在我的眼前飞过，只留下了惨淡的绿色。砰！门被风关上，一层浅浅的雪花被吹了进来。室内立刻变得寒冷，火焰在那一刹那仿佛被冻僵了，停止了舞动。雪片的噪声飘向角落，喃喃细语，秒针一般微弱的声响，不是寒冷，而是这些声响令我颤抖。

我忙不迭地冲了出去，却只看见白茫茫的雪地和漆黑的天空。黑夜降临得如此之快，像一只沉重的乌鸦坠落了。一阵风吹来，甘狄克的脚印立刻不见了。外面雪花纷飞，雪片大而厚重。我感到它们贴上我的脸，带来一种阴险和渐进的、沁骨的冷。

我的孩子！

我忐忑不安，手忙脚乱："哦，我的甘狄克！您把她逼急了！她抱着一个孩子能跑到哪里去呢？"

"不用着急，那个红毛小怪物一冷就会发出喊声，我们循着它的声音去找。"

"额吉！我们得叫一些人来。"

"哦，小可怜，你吓坏了！外面下着雪，甘狄克能跑多远呢？跑不了两步，她就气喘吁吁了。"

"可是……"

"你可真讨厌，我自己去找她，"额吉说，"我要一枪崩了那个怪物。你看到它的红毛了吗？它会为草原和森林带来灾难的。”

额吉衰老的脸上细细密密一层汗水，她的眼中燃烧着大火，在瞳孔深处嗞啦嗞啦地烧燎，嘎乐的脸和甘狄克的脸在火的炙烤下抽搐着，交替浮现，痛苦得几乎变形。我不知额吉的愤怒究竟来自何处——她的愤怒并不是私人的，里面人群交头接耳，低声讥讽，热热闹闹。她看起来可怕极了，我可怜的甘狄克的逃亡是对她的愤怒的一种毋庸赘述的承认。

“我还是不明白，您为什么要冲男工开枪？”我频频摇头。她没有回答我，打算让答案烂在枪管里。

她想干掉的只有嘎乐，我的女儿是无辜的。我不能让自己的女儿冻死在这大雪纷飞的夜晚。于是我立刻和额吉外出寻找甘狄克和嘎乐。

眼前是平坦的草场，甘狄克根本无处躲藏。但不远处有松树林，孩子们总是去那里玩耍。正如额吉所说，嘎乐在寒冷中不禁发出喊声和尖叫，仿佛雪花割伤了它的皮肉。这声音忽远忽近，却一直未曾间断。我和额吉艰难地在雪中行走，大风呼啸，在我们头顶上轰鸣。我们本担心嘎乐的声音会被这风声淹没，可它痛苦的喊声随着风雪的加剧越变越大，尖锐刺耳，听起来像石壁的破裂，野兽的嚎啸，令我们冻得麻木的头脑骤然变得清醒。我和额吉已经接近松林，这里的雪相对较薄，风相对微弱，可以勉强看清孩子的脚印。风雪中松树干上裂成不规则鳞状的块片影影绰绰，迷离惝恍，有时像大军鱼的鳞片，有时又像无数条细细的、弯曲的污渍。我死死盯着林中摇摆的、稀疏的树冠们。由于土地里所含盐分分布不均，松树的针叶呈现出深浅各异的绿色，一阵大风挟带着雪片从树冠间涌过，全部的绿就变为统一的白，极目远眺，如钠在氯气中燃烧。我拉紧衣领抵御寒风，瑟缩着身子在雪地上匆匆行走。我频繁摇头，摇落雪花，甩脱脑海中消极逃避的念头。

额吉突然被绊倒，我赶忙前去扶起她。她站起来拍了拍自己的衣服。

“是石头吗？还是树枝？”

我低头查看，被吓出了一身冷汗，尖叫被卡在了嗓子眼。

“手！”

不过我很快冷静了下来，这是个冻僵了的成年男性的手，并不属于我的女儿。额吉弯下腰握住那只手向上拉着。

这时又刮来一阵飓风，我被吹得倒退三步。我闭上眼，却被冻上，眼前漆黑一片。我在手指上吐了一口唾沫，涂抹在眼睛上，这才睁开。

此刻展现在我面前的是一脸惊恐的额吉，她几乎摇摇欲坠。不祥的预感在我心中升起。

“我的孩子，你是对的，我们应该叫人来的……”

她将那人拉了出来。他的肩膀上有个洞，肚子已经被掏空了，肠子冻得像钢管。是那个男工！他被动物吞吃了内脏。他怒视上空，双手直直伸向天际，像要紧紧抓住飘走的生命，尽管生命已经一去不返。冻僵的尸体闻起来像驼尾和杧果，还有一点辣味。我的腹部绞痛，嘴里泛酸，拼命压制住反胃。在这种天气里呕吐，吸入的寒气会剐烂我的嗓子和胃。

“是狼吗？”

额吉的脸色苍白，毫无血色，她摇了摇头：“是熊。”

“熊”这个字就像一个巨大的拳头猛砸我柔软的胃，我忍不住呕出了一口酸水：“熊？现在是冬天啊！”

“我怎么知道，也许它冬眠前没吃饱，提前出来了。”

她又说："糟透了，我的子弹连熊的鼻子都无法穿透。"

"哦不！是熊！我可怜的女儿……"我已经无法站立，跌坐在地上，直愣愣地盯着那惨死的男工，仿佛看见了可怜的甘狄克痛苦的面容。我立刻被吓哭，捶打地面，泪水在我脸上冰冻：

"都怪您！您为什么要吓唬她！她一直是个好孩子，她听我的话，她从小就那么可爱。她的阿爸去世前一直在亲吻她，他是多么喜欢她呀。我的甘狄克，我的女儿，我的爱——你怎么了？你碰到熊了吗？呜，我的孩子！"

额吉显然也吓坏了，呆愣在原地，反复重复着一句话："我们得叫一些人来，我们得叫一些人来……"

就在我们不知如何是好的时候，松林里突然传出甘狄克的大喊声。

"嘎乐——嘎乐——嘎乐啊——！"

这声音撕心裂肺，震天动地，我从不知道我的女儿可以发出这么大的声音。像一阵惊雷，炸响在天空，迅速传遍世界。我被女儿的大喊声震得耳朵嗡嗡响，心跳猛烈跳动。这声"嘎乐"乘着风和雪奔走四方，我眼前花白，除了耳中震耳欲聋的喊叫什么都听不见了。我和额吉无暇顾及男工，匆忙向林中跑去。甘狄克的声音同漫天卷地落下来的雪花一起扑到我的脸上，我又冷又绝望。她被熊追赶了吗？

起先，这个空间只有风的怒吼声、甘狄克的喊声和我们的喘息声。但不知为何，我们逐渐听到了其他的声音——家的方向传来了人们杂乱的脚步声，惊恐的呼喊声，水桶和铁盆的碰撞声——“砰砰哐哐！”乱作一团。我们甚至以为是一大群马向我们奔驰而来了！他们嘴里也喊着：“嘎乐啊——！”

“嘎乐——！”

我站立起来，和额吉并排站着，向家的方向看去——一群人正向这里奔来！

他们在夜间被惊醒，大多没穿衣服，赤裸着肉体，白花花的肉仿佛和雪融为一体。他们拎着装满水的水桶、抱着装满水的铁盆、捧着装满尿液的夜壶、带着装满泪水的眼眶……有些人慌忙中只在掌心里留了一捧水，奔跑中洒了一地，五根手指被冻在了一起。疯狂的人群蜂拥而至，赤裸着在风雪中疾奔，除了还在熟睡中奔跑的人们外，他们大多面露惊慌，口中大喊着：“嘎乐——！”有些人泪花飞溅，痛苦地尖叫着。他们从睡梦中醒来，却堕入了另一个噩梦，他们感到不公。扭动狂奔的人群充满浓郁的厄运氛围，全部是饱受折磨的恐怖身影。这个无限延长的队伍，没有阻碍，一片晦暗。我在刹那间迷失了——我到底是远观者还是参与者？

“发生了什么？”我和额吉异口同声地问，对熊的恐惧已经被这群荒诞恐怖的人群所淹没了。

远处甘狄克的喊声经久不息，悠长痛苦，像海水激起的巨浪，顷刻吞没了一切！甘狄克口中的“嘎乐”产生无可匹敌的力量——唤来远处的人群，激励他们奔向一个共同的目的地。

“我知道发生什么了！”额吉瞪大眼睛对我说。此时他们已经跑了过来，我们被激流般的人群冲散了，他们除了眼前的森林什么都看不见了，除了奔向那里他们什么都不管了。我被人群推搡着接连几次摔倒在地上，还好起来得及时，不然就会被这群疯子踩成肉泥！他们摆动的手肘砸在我的脸上，带来剧痛，我不禁痛得龇牙咧嘴。可没过多久，又一轮疼痛袭击了我的身体——他们那装满水的器皿撞击我，哪怕我穿得再多，也无济于事——铁器令我满身瘀伤，痛不欲生，犹如在地狱里翻滚。我被夹在人群里，像一片可悲的石炭纪的岩石。我完全被桶里溅出来的水打湿，水珠在我胸前滚动，这低俗笑料般的潮湿感和甘狄克的撕心裂肺猛地在我迟钝的脑海中建立起关系，产生了纽带——我恍然大悟！

他们以为森林着火了！

他们错把甘狄克口中的嘎乐当成了真正的“嘎乐”，殊不知那只是一个小怪物的名字！那只是一个符号！这群愚蠢的人，对符号的服从和对火的恐惧灼烧了他们的理智，令他们在寒冷的、大雪纷飞的冬夜赤裸着全身跑了出来。我在扭曲的人群里大喊：“你们误会了！根本没有着火！”可是没用，远处甘狄克依旧没有停止自己的尖叫和哭泣，由远而近，翻卷着——世界仿佛都在巨响中滚动！世界末日降临了！我无力地随着人群摇摆身体，防止自己跌倒。我已经伤痕累累，额吉也不见踪影，只有甘狄克的末日呼唤和疯狂怪诞的雪中狂徒成为这片大地最后的纽扣。

这一切都怎么了？

“嘎乐——！嘎乐——！”

“嘎乐啊！！”

“……”

还有什么更倒霉的事情吗？我简直不敢相信眼前发生的一切——一只巨大的棕熊嘴里叼着一个孩子穿过慌乱的人群，奔向了东方。熊死死咬着它肌肉结实的脖子，孩子背部的辣椒色绒毛在空中飘扬，血滴如珍珠般在风中蹦跳，圆球一样的舌头吊在下巴上像一颗葡萄。熊嘴里咬着的是嘎乐！它在远离了人群后才慢悠悠地用后肢站立起来，这哪里是什么饿坏了的熊！它很壮硕，将近有三百公斤，肩背隆起，全身被厚厚的长毛覆盖，嘴巴里咬着嘎乐，咧开嘴的动作令它看起来像是在微笑。它的视线搜刮着我心口的口袋，我预感到不幸的未来，预感到自己将要成为一个泪流不止的女人。嘎乐奄奄一息地闭着眼，可它竟然也在微笑，那笑容为它灌入了新的能量，它不需要羊肠线和点滴，它只要一头熊就满足了。熊很快俯下身，四肢着地，跑出了我的视野，消失在了东方。悲惨的是，我们的夜晚依然存在。所有人都凝滞在这雪窖里，无法逃出。

这就是甘狄克惊呼的原因——她的“孩子”嘎乐被熊叼走了！

这是哪里来的熊？它把一切都打乱了。远处甘狄克的声音越来越小，我被人群推挤着向那处前进，我本以为甘狄克会就此止声，谁知她竟重新开始用那令人恐惧的、令人头皮发麻的大嗓门喊起来——她在喊我！

“额吉——！！”

“啊——额吉——额吉——救我！救我啊！”

她的惨叫混着人们的奔跑声——怎么了？熊不是走了吗？她被熊咬伤了吗？甘狄克的喊声撕心裂肺，一点都不连贯，总是响起一阵，停下一阵。她喊得那么痛苦，如同正在被烈火烧灼，被凌迟折磨……我不禁也开始大喊。我的脸颊已经被泪水冰冻，我张大嘴喊，只感到肌肉撕裂般的疼痛。我在人群中急速前进，想看看我的孩子发生了什么。

不知过了多久，世界安静了。甘狄克没有声音了。我冲进森林里，大雪和飓风令一切变得模糊。一群雪白的人朝我恶狠狠地掉眼泪——白色常常被滥用，以至于人们忘记了它也可以成为一种令人恐惧的存在。他们的皮肤上厚厚一层冰霜，明亮到耀眼，四肢也因此坚硬如雄鹿的角。他们亮闪闪的脚下血红一片。他们就是一大串数字，要求人们想出一个新的数学概念。

这些人满口恶言——这简直是最壮阔、最令人难忘的群众痛骂。

“骗子！”

“没有着火！”

“这雪踩上去是温的。”

“是谁喊的着火了？”

人群开始逆行，哆哆嗦嗦地走出森林。这是一场气焰嚣张的示威活动，头脑发热，口沫横飞，喧嚣吵嚷——不过还好，一切都结束了，森林里重又空荡荡了。一滴汗水顺着我的鼻梁滴下来，一种强烈的解脱感笼罩着我。我向树林深处寻去。我知道女儿在那里等我，她一定是伤到哪里了，有东西弄疼她了，想想她刚刚大喊的“额吉”，她是受了苦了——这令我无法忍受。我可以被人打断全身的骨头，却无法忍受我的女儿被一小块鹅卵石砸到脚趾。在松林里，遍地的脚印，锅碗瓢盆。人们的咒骂声回荡在这里，令我打了一个冷战。

我的孩子呢？

我看到我的额吉站在一棵松树下，在风雪中低垂着头，双手无力地撑在膝盖上。我走近看她的脸，额吉眼中的愤怒大火已经被浇灭了，留下了死一般的灰烬和一个深渊，仿佛疯狂的人群将桶里的水一股脑儿地泼到了她的眼里。我的额吉竟然也是满脸泪水，整张脸看起来像玻璃一样冰凉剔透。冰冷中蔓延的绝望与痛苦浓重得犹如凝固的铁块。我是被冻伤了，还是被灼伤了？我的皮肤感到瘙痒——一种呆钝沉重的、难于移动的痛痒。我的哪个细胞坏掉了？这个痛苦疑问足以延伸生与死之间的痛苦边界。我想起甘狄克痛苦的呼喊声，我的孩子怎么了？我是不是不小心跳过了一些步骤？

“额吉，甘狄克呢？”

“走了。”

“她被熊咬伤了吗？”

“没有，熊没有咬她。”

“那她去了哪里？呜，她自己回家了吗？”我开始哽咽，身体颤抖。

“那群疯子的脚带走了她。”

额吉突然将肩上的猎枪扯下来，挥臂将它用力砸向松树，破旧的猎枪在清脆的响声中崩碎，炸成碎片。她跪坐下来，用手捂住了脸。

我回头看，此时风已经停止呼啸。松树们看上去全部是一模一样的白，布满了裂缝、折叠、凸块和剪影。由血肉、毛茸茸的头发和绿色皮料组成的脚印刻在雪地上，零零碎碎，一直蔓延出森林。

坏脾气的新邻居

当我还是个孩子的时候，有一家人搬了过来，成为了我的新邻居。

在那个只能靠氧气和大人们争论不休的膳食搭配，来给孩子治病的小地方——这可是个大事件。更何况他们的厢式货车里还有一个漂亮的布艺转角沙发和深橄榄绿色的玻璃门储物柜。

“气死我了！你们这群懒虫！”

“你们的脚上连着锁链吗？走得慢吞吞的！”

女主人拎着装得满满的购物袋，鞋底摩擦地面沙沙作响，她气得头发都竖了起来，凶残地拽着儿子的头发向前走。小儿子踉踉跄跄，被母爱折磨得要死，偶尔会被女主人拉扯着扑通一声双膝跪在地上。哪怕跪下了，呼哧呼哧喘着气，他也要抓住时机狠狠咬上母亲的脚后跟一口。他也学着母亲骂人，且骂声和谐又单纯，听起来就像文明大炮在连续轰炸。他的樱桃小嘴像灿烂的瀑布般喷出尚未褪去稚气的辱骂话语，向母亲表达着自己不朽的恨意。男主人戴着褐色软帽，露出被汗水打湿的内衣，一脸怫郁地跟着自己的妻儿。他脸颊上的肉和肚子上的肉就像是一种庄重的暗示，你远远望过去，视线被胶粘在那些肉团上，反而看不懂它们的暗示，莫名其妙地被这位肥胖的男士蒙上了遮眼布。他目不转睛地盯着妻儿，想将他们用力镌刻在记忆深处。

“我就该把你丢进沟里！你除了骂人什么都不会！”

“闭上你的嘴！肥猪——你就像一团鲸鱼的脂肪！”

“你说什么！”

显然他们刚刚在厢式货车上经历了一场激烈的战斗。此刻他们走出货车抑塞的环境，走在无可比拟的动人的蓝天白云下，却并没有休战。他们开始扭动红红的脖子，在口中搅拌口水，渴望喊出更流利的骂句。是的，他们继续生气——毕竟大多数人都错认为这活儿完全是零风险的。

我就住在他们对面。我和母亲撑着被太阳照得耀眼的红色瓷砖窗台，低头瞧着自己的新邻居。

“来了一群坏脾气的人。”

她笑着，和一群好奇的黑白相间的小蝴蝶们挤在窗前。她柔软的黑发上戴着闪亮的、锋利如尖刀般的发饰。我的母亲温柔又开朗，非常有耐心，擅长安抚孩子。每当我感到恐惧不安，只要她亲吻抚摸我，我就会止住泪水，露出笑容。对她的依赖深植在我的基因里。她就是我童年的万能药。

“看他们气冲冲的脸，有什么烦心事儿呢？”

“我要去帮忙吗，妈妈？”

“不用了，好孩子，你会给人家添麻烦的。他们雇了很多帮手。一会儿，你带着礼物去打声招呼。把今天的葡萄装进篮子里，小心不要摔倒了。”

我的母亲分外特别地注视着自己的新邻居，不过很快她的注意力就被美好的天气给勾走了。她夸张地仰着头，对着那朵乌龟一样趴着不动的云啧啧赞叹，称它艳惊四座，像贝尼尼洁白的大理石枝丫。她很快就开始享受美妙的周末时光。用粉碎的、甜蜜的小奶块泡茶喝，踩着蘑菇堆成的黄色地毯，动作缓慢如蛞蝓，和葡萄以及提子讨论着葡萄和提子的区别，在一团亮白的太阳下绕着院子转圈圈——把社交这件苦差事推给了自己可怜的孩子。

我不得不作为代表，提着一大篮子与秋季擦肩而过的葡萄去拜访我们的新邻居。

我走近时，苍蝇围着屋外的厢式货车嘤嘤飞舞。当搬家工将大块大块软奶酪捧出来时，它们大大方方地坐了上去——奶酪立刻看起来像是配了插图。纸箱里折好的毛毯们眼睁睁看着苍蝇们大捞一笔。一大堆有着地中海色皮肤的塑料椅悄悄活着，随着四方时钟的嘀嗒，不停地嘎吱作响。所有的灯具都被泡沫包裹着，尴尬地坐在那里鼓励彼此，它们渴望在晚上搬家。新邻居崭新的庭院里回荡着去死的赐福，保持着速度，由桃色栅栏向四面八方滑行。他们竟然还在生气！我愈发觉得沮丧，我宁愿去和母亲讨论葡萄和提子的区别，也不要和气冲冲的陌生人见面。我真真切切地想要逃走。篮子里的葡萄也显出一丝无奈，频频踩着刹车，显然它们也在汁水充盈的心里掂量着此次远游的利弊。情况越发恶劣了，我唉声叹气，屁股向后拉着我的脚后跟，可我最后还是靠着自己阳刚的心脏走了进去。

男主人如里程碑般立在院子正中央，默默统治着自己的怒火。他全身雪白，体态臃肿，像一粒富含油脂的树种。他已经摘下了自己的软帽，内衣因为大汗变成了他自己的颜色。我仰起头看他，那是我第一次见到如此愤怒的人，他富余的怒气简直要从脸上淌下来了。他怀抱着自己的愤怒，就像抱着一件神圣的纪念品。他的脸涨红，加上那白皙的皮肤，看起来像红菇。男主人瞪大凸出的圆眼睛像两个栓塞，只要将它们拔出来，他的愤怒定会喷涌而出。他肿胀颤抖的厚嘴唇像一条搁浅的鲸鱼，快要爆炸。这位叔叔在快要被气疯了这方面展现出难得的大师风范。

“嘿！您好，叔叔。”

“呼呼，我快要喘不上气了——你是什么？你是鸭嘴兽吗？你从哪儿冒出来的？”他被我吓了一跳，哪怕与我谈话，他也不愿暂时停歇他那蓬勃发展的愤怒事业。

“我是您的邻居，我们就住在对面的那间小房子里。这是我母亲给您的礼物。”我将篮子递了过去。

“别管我，我要气死了！放下葡萄就走吧！”

不骗你们，他喘气的频率和力道，可以令他家的布艺转角沙发和深橄榄绿色的玻璃门储物柜同时翻过栅栏，绕着这地方翱翔两个月。我的葡萄，现在成了他的葡萄，大多都自杀了。它们痛苦的汁水四处飞溅，令我的衣服上布满了紫色斑点。寥寥几个葡萄还在那里渐渐变冷，处于虚弱的运动状态，心中向往着遥远的乌珠穆公墓。我难受极了，被他莫名其妙的情绪发泄搞得沮丧，只想回家。

“可是您为什么这么生气？”

好奇心害死猫。如果时间重来一次，我才不会问，我定会拔腿就跑，然后一切都会归于沉寂。

他伸出手指向下点了点。我低着头，只看到他橘黄色的塑料拖鞋和奶白的脚背。孩子们盯着大人的脚背或是拖鞋总是家常便饭，大人们一看见你毛茸茸的头顶，薄薄的一片儿脑壳，小羽毛一样的耳朵——都会心生怜爱，长话短说，乐得省去了训斥孩子的气力。

“您是不喜欢橘黄色吗？这挺帅气，我……”

“哦，我的老天爷！现在的孩子傻得令人心痛！你们在摇篮里犯傻，出了摇篮后也在犯傻！尿布！打嗝！成绩单！”

他的脏话吓得我猛抬头，他比积水的马路还吓人。我设法像个勇敢的孩子那样若无其事地站在他面前，但失败了，因为我把脖子缩了回来，眉毛也拧成了一个“八”。

“不，不是因为颜色吗？”

“石头！蠢货！你看到石头了吗？”

我低头仔细瞧，没发现。无奈之下我只得蹲下来，眯着眼用力看他的脚。我的眼睛，它们姐妹俩简直用了我第一次站立时双腿用的那股蛮力，才艰难地发现了他脚背上有一颗种子——斑叶兰灰尘一样的小种子！我简直想跟我亲爱的奶奶唠叨了。是的，我迫不及待。一个人竟然被一颗小种子气疯了！这就是用一整条鲨鱼给芥末刮沫，给你失掉弹性的粉色头绳儿办健身房年卡，逼迫它练瑜伽——何必呢！这人大惊小怪！

“这是种子呀，我亲爱的叔叔，哪里是什么石头？”

“我的脚背被压垮了！我疼得厉害！我生气！只有我的脚被石头压着了！这世上这么多人，你也知道——这世上那么多人啊，偏偏砸到我的脚，还被粘在了那里！”

“这不是石头啊，叔叔，它轻着呢！一亿个它也就一两重，您脚背上就一个。您抖一抖脚它就掉下来了！”

“浑球！就因为它，我还要抖脚？我有那么多事情要做，现在竟然因为它——一颗种子，就要抖动我的脚？我真是要被气死了，我今天因为它吃不下饭了！我今晚无法睡觉的，我一肚子火！我只要躺在床上想起我今天抖了脚，我就会气得从床上跳起来！”

他大声咒骂，肚子因为这些骂声波涛汹涌，脚却执拗地一动不动。他说到做到，这几乎是种结构性的生气经验。

为了让新邻居开心一点，也为了结束这场闹剧——我维持着蹲姿，向前靠近，轻轻吹了一口气，将那可怜的斑叶兰小种子吹了下去。男主人突然尖叫着后退，一屁股坐在了地上。

他的小题大做着实令人惊诧而惶恐。我不解地盯着他。他更红了，嘴里蹦出一麻袋朴直的咒骂和秽语。且他骂人的速度也在不断加快，几乎癫痫发作。哪怕他不慎重复了词句，也能娴熟地周转，让人怀疑他是捧着脏话百科全书在那里朗读。他的怒火快要组建成焚化厂，方圆几百公里约莫都能看得见火光。他颤巍巍地指着我，换气频繁，泪光闪闪，惊涛骇浪的愤怒令他陷入老人的虚弱处境。柔软细挑的黄绿嫩草在他臀下簌簌作声，把纤维化作警句，用拍击的动作斥责他无耻的喧嚷。怒火滔天的男主人当然不会因此止息。

“多么恶毒的孩子呀！哦，我的咽炎要犯了！我难受极了——你要弄死我！我现在要喘一口气，我要喘好几口气！然后我站起来，我要收拾你！你个坏蛋，你就是个魔鬼！”

我一头雾水，不知自己到底是哪里惹恼了他。搞得现在他的怒气像烟一样散开了。

“可是……您为什么这么生气？我只是想帮您呀。”

“帮我？真可笑！你现在去帮我定做棺材吧！真是气死我了！你比我那蠢儿子还气人！你竟然吹我的脚！”

“我想把种子吹下去！是您说它压疼您了！”

“够了，你个坏心眼的小母驴。这世上的女孩儿没个好东西！看看你那张俏皮的脸，简直就是一种谎话，骗得所有人将嘴唇贴上去，然后你就随心所欲地骗钱，最后骗得所有人把命都赔进去。你们就是大骗子！”

“我不懂您在说什么！我是好心的，我只是想让您开心点。”

“你就是想冻残我的脚，让我截肢！让我一辈子坐在轮椅上，撒个尿都要一大群人帮忙！”

我张大了嘴巴，挠了挠自己的头皮。我晕头转向，仿佛初次见到忙忙碌碌的蜻蜓们。

“什么？冻残您的脚？”

“你那一口气，吹到我心窝里来了。我的血管都冻伤了！你那个恶毒的小狗嘴里冒出的寒气，差点冻伤我的脚部肌肉！幸好我躲得及时，要不然就被你的坏心眼弄死了。”

“哈？这……这是误会啊，我亲爱的叔叔。我哪里吹了那么冷的气？您实在是太夸张了！快起来吧，您别坐在地上了。”我站起来，向他走过去，想把他扶起来。

“哦哦——长生天！快看看你自己，刚刚还蹲在地上，恭恭敬敬的小模样，一只猫儿一样。现在我一摔倒，你就急不可耐地站起来，叉腰俯视我。”

“我没……”

“你想狡辩？你从上到下打量我！你俯视我！你不尊重我。我告诉你，我像你这么大的时候，就有你父亲的气力了！你算什么东西，竟敢俯视我？”

“我想把您扶起来呀。”

他像是听到了什么惊世骇俗的话语，愣了那么一瞬，似乎是在思考该如何更完美地表达自己的愤怒——这不难理解，毕竟他是位有怒气执照的成年人，他的生气方式是专业的。在如何发怒这方面他定受过持久、周严的教育，所以不容错误。

“扶……扶我起来？”他倒吸了一口气，下巴层层叠加，睫毛扇动的速度比蜂鸟的翅膀都快——这太吓人了，他已经气得想用自己的睫毛把我扇走了。

“为什么要如此羞辱我？扶我起来？孩子，我完全可以自己站起来，你为什么要羞辱我？你个吃外套的小马驹——你要活生生气死我才满足吗？”

我终于无法忍受，这漫长的咒骂和误解令我不耐，我不再向他靠近，扭头就走。

“看看你，小东西——你就走了？你走得多快呀！因为被我戳破谎言和阴谋了？你的脸一定红得像猴屁股！”

“您说什么呢？您真该照照镜子！您才是脸红得像猴屁股的那个人！”我忍无可忍，彻底被激怒，回头大喊。

他不出声了，连气都不喘了。坐在原地，呆愣地看着我。我的那句“您才是脸红得像猴屁股的那个人！”像一把利剑插进他的心脏。

“你……你你，羞辱我，看不起我。你……你要气死我……”

他脸上的肉拧在一起，五官都模糊了。他突然仰头，张着嘴哈气，仿佛胸膛上压着千斤重负似的。他满头的汗珠子，脖子开始变红，转而变紫，嘴唇也煞白了起来。他抽搐着躺倒在地上，愤怒在他痛苦扭动的身体里流窜——这可怕的情景的降临，令我惊跳如雷。我才刚刚认识他，现在他这副样子，就像有人将他造出来又立刻将他拆开了。他已经进入了垂死状态，努力逢迎着死亡，且承受着巨大的痛苦。

我必须把女主人叫来，让她给医生打电话，这是最快的方法了。她一定在家！我立刻跑过去敲新邻居家的门，希望女主人快快出来。

我听到她下楼的脚步声。我的双耳嗡嗡鸣叫，心脏用一种不同寻常的速度跳动着。我在原地蹦跳着，拍打自己的胸膛，焦急地向四周环顾。

我没等多久，女主人来了！门被豁然打开，她就站在我面前。

谢天谢地！

“阿姨，不好了！叔叔他……”我将自己健康的喉咙彻底奉献，撕心裂肺地冲她喊。

“你要是这样敲门——砰砰！这样大声，我就活不到下个春天了！”她竟然也同样冲我大喊着。这怒吼简直就是从她胸腔里喷出来的火，带着她祖传的家族威力。她这一吼，令世界都安静了。生物全部吓得魂飞魄散，惶惶不安，就连靠着墙站立的铁铲也全身颤抖，和墙壁纠结黏成一团。它很少会与墙壁紧贴，上一次的亲密合作发生在它严重缺铁的那年。

“不，阿姨！您的丈夫……”

“你为什么那样敲门！你看看这扇铁门，全是你拳头的印子！”她抬手握拳猛烈地砸向铁门。门龇牙咧嘴，疼得要夺门而出。

“您的丈夫他……”

“暂且不谈我的丈夫，你的行为令我很生气！”

“他要死了！阿姨，您出去看看吧。我的天，您快叫个医生来吧！”我大喊，用力划动自己的手臂。

“你为什么这么大声！我要气死了！我开门不是为了受气的！你对一个年长的女性大声喊是要遭天谴的！”

“阿姨，您的丈夫躺在院子里！他无法呼吸了，老天保佑，您快，您快……”

“你必须为你的大声喊叫道歉……还有敲门这件事!”她和她的丈夫简直一模一样——也许只能通过肠道长度或是胡须长度来将他们区分。就在我感叹他们神奇的夫妻相时，我的耳边突然响起了陌生的声音。

“嘿！我们的事儿还没完呢。你必须去学校！你一次都没去过，真是好厚的脸皮!”

“你快给我下来，我的脖子要断了!”

来开门的竟然不是她一个人。我焦头烂额，没有注意到她的孩子就在她身上——有着忧郁的黄色头发和丰厚的鼻尖的男孩，此时像围脖一样紧紧缠绕在他母亲的脖子上，就连皮肤上的齿棱都紧紧贴合。他还没有阵脚大乱，小小年纪就展现出惊人的发火天赋，和自己的母亲不相上下。他在女主人的耳边用嘴唇吐出他的撒手锏——在学校新学到的脏话，且双眼喷火，张大的嘴巴似乎要将自己的母亲一口吞下——这真是惊人的勇气，只可惜他在不当的地方发挥所长了。

“你必须去!”

“我要把你扯下来了！你个小畜生!”

“哦不……”我痛苦地呻吟。这两位竟然也在打架，我来得不是时候。女主人被他的新时代脏话骂得周身战战兢兢，用镶着钻石的指甲——强劲有力的鹰爪——抠挖儿子头皮上的旧疤痕，留下纵横交错的血条，想把密集在他小脑袋里的新式思想弄出来。孩子捶她的肩膀，怒火烧红了他的脸蛋，他被母亲拉扯得像狂风中的旗帜。如果没有人关注，脾气通常就发不起来不是吗？人命关天，我意识到自己必须从她眼前消失，这是熄灭她怒火的唯一办法。我应该跑到大街上去找人帮忙，而不是找这位怒气冲天的夫人——发脾气在她的闲暇时间中占有显著的位置。更何况她现在正和自己的儿子打得火热。

就在我想离开时，她肉滚滚的大白手握住我的手臂将我提了起来，猝不及防地将我制伏。我顿时便慌了神儿，发出尖叫，感到她手掌肌肉的亢奋痉挛。我的视线被动地从她的肚子一直平移到她的眼睛，如同坐了一次透明的观光梯。我被提到了她面前。她低头瞪我，圆下巴仿佛粘在胸部上似的。她用力吸气，鼻孔张开。我惊恐地向上看，她有着金色虹膜的眼珠渐渐向外挺出，眼神里透露出失调的本性。她那如猪鬃一般粗的睫毛快要变成马的蹄，向我撞来。她的舌头垂悬，舌面上结晶沉淀，狠毒的话语从上面滚滚而来：

“你敲烂了我的原子，现在却想走?”

在被她抓住之前我天真地认为我是独立于一切怒火之外的，现在我才意识到，我被卷进她的愤怒旋涡了！这是最锥心的惩罚，面对她愤怒的话语和愤怒的手掌，我只想大喊一句——何其可怕！

她弯下腰低下头，像是要咬下我的一块肉。可悲的是，她的儿子，没有掌握好自己，从母亲的脖子上摔了下来。

砰！好大的动静！

“老东西！我摔下来了！”他躺在地上，心脏或是阴茎背动脉在他凹进去的左腋窝里怦怦跳动。他蹬着双脚，在地上横着转圈圈，扑腾出一股接着一股的灰尘，简直像龙卷风。他这个样子，谁能忽略他呢?他非常气愤，凶残地大喊着，怒吼声里饱含着千军万马的精神和元气。在这坚强且热闹的家庭里，他已淬炼得更强了！我无法与这规模庞大的愤怒抗争，他们的怒气就是个天文数字。

女主人如老式蜜月般令人不解，她竟然没有松开我的胳膊，且毫无迟疑地将自己的儿子也一把从地上提了起来，终止了他的倒腾。我们两个被她抬到相同的高度。女主人左看看右看看，似乎在思考应该先收拾谁，谁更罪大恶极。

可是你可怜的丈夫还躺在院子里啊，我在心里大喊。你们气坏了心肝肺到底为了什么——实践身体艺术吗？

男孩的脸紧紧贴着我的脸。他蹬着腿，挺自己的肚子，甩动他的脸蛋——可怜的我，颧骨上那一小块皮肤差点被磨出破洞，小细腿也将被他踢断。孩子发出愤怒的号叫，声音的火舌向外翻腾，穷追不舍，波及了我。我只感到牙齿都要被这超声波打下来了——长生天保佑我坚固而平凡的牙齿。“我的牙龈和我的牙齿将在两分钟后曲终人散。”我默默想着，徒劳地用舌头抵着牙齿。他喷射出的口水要淹没我的眼珠。我可以感到他的心脏跳得飞快，胃开始奇异地膨大，有什么东西要爆开了——他飞快翻动的嘴唇带出阴沉的热气——我感到紧贴着他的半边身体和被女主人握住的手臂要被腐蚀掉了。快饶了我吧——一个热心的、带着葡萄的邻居家的孩子。你们干点别的不好吗？出去晒晒太阳总是好的。

最后她选择了自己的儿子，显然日久生情。

“你跟你那倒霉父亲简直一模一样！”

她终于想起自己的丈夫了！

“阿姨，叔叔快要……”我抓住时机，急忙说。

女主人脸上的五官被她那铺天盖地的暴脾气炸飞了，彼此不再相连，反倒是上蹿下跳。眼睛差点被气到天灵盖上，舌头要冲撞鼻孔，两个耳朵无法秩序井然，它们恼怒之下换了位置！我抬头仰望时，见到她的尊容，恍惚间感受到了自己快乐童年的终结。

啊，这张怒容足以留给我一生的浓烈追思。

“闭嘴！我待会儿再收拾你！你不会敲门，还大喊大叫！”她把头扭向自己儿子的方向。

“我一看到你，就想起他那恶心的脸——一块巨大的白色斑点。臭小子，你就是来索要赎金的，你就是一片儿烂西瓜，被车轮溅得四处飞散的烂泥——真叫人恶心！莫名其妙地就考了个四十分，一年开八十次家长会的浑球，我不会去的！我告诉你，我不会去的！”

“老家伙！你真该去死！我早晚有一天要干死你们两个，然后我跑到山里去！我要去山里！”

“你去吧！你现在就去，我祝福你被山蚊子吸干！”

“一想到我曾经喝过你的奶，我就要呕吐！”

“我就该活活饿死你！然后饿死你的老爹！”

他们旗鼓相当，各有千秋。我无法插嘴，苦闷地等待他们结束这场亲子互动。我的胳膊生命力顽强，不甘于辜负生命的和谐，竟没有被她的大手捏烂——骨头还是骨头，肉也依旧是肉，没有被搅在一起。冬天过去了，最起码要脱掉厚重的衣服。人们把房子建在任何一个地方，却唯独不会建在自己身上。可是这沉甸甸的怒气却为何总是被人们随身携带呢？坏脾气的人们勇于创新，力求超越历代前人，突破某个伤肝损肾的框架。我被他们的怒气震慑，蜷缩身体，渴望战局回稳。

这场对骂持续了将近五个钟头，直到院子里传来男主人响雷一样的大喊声：

“我死了三个钟头啦！再不把我埋了，我就臭了！”

哦！什么？他已经死了——他都死了三个钟头了！人工呼吸，心脏复苏——现在干什么都来不及了。我就不该跑来敲门，我应该去大街上找别人帮忙。可是谁能想到他们一家子都是坏脾气？罪恶感驱使我开始拼命挣扎。女主人的一只手臂有些脱力，我竟然挣脱出来了。我一屁股摔在地上，立刻扭身站了起来。女主人瞪圆了眼睛，震惊地盯着我，嘴巴却稳妥地冲着自己的儿子，机关枪一样突突喷射出咒骂。这场景略带抽象，我不禁感叹到——果然人被气坏了就只能勉勉强强像是个人了。我觉得这很差劲，她要将怒火时刻延展到宇宙坍缩为奇点，延展到永恒。女主人弯下腰想再次抓住我，好在我连滚带爬冲出了房子。

当我来到院子里时，发现男主人瘫在地上，双眼惊骇圆睁，脸色发紫。他原本保持着因为喊叫而大张的嘴巴，一看到我，就焦急地合上了。他用力过猛，以至于颧骨高高耸立——他死去了，却试图强调自己曾经是一个帅气十足的高颧骨小伙子（如今的颧骨是纯粹地复古）。现在该怎么办？如果此时有一头河马在我身旁打哈欠，我会毫不迟疑地把头塞进去。

“你怎么就死了！你不干活了吗？”女主人拎着儿子冲了出来。那不幸的孩子像风中的塑料袋一样孤苦无助，随着她的动作飘荡。

女主人终于把注意力放在了死去的丈夫身上，她依旧很愤怒，她愤怒的话语组合成了一种高声宣讲：“你！死鬼！你要是死了，我就得拼了老命照顾这个臭小鬼了。你去地狱偷懒了，我却不得不一直干活干到死。”

她的丈夫则沉默着，这沉默哪里是什么“冷静的忍让”，他只不过是死了，如果他还活着，可以喊得更大声咧。

断了气儿的丈夫在女主人眼里就是暴露狂。她面露厌恶，吐出可怕的辱骂和自私的咕哝。

“看看你这副鬼样子，你丢尽了我的脸！你像条狗一样横躺在自家院子里，你让邻居怎么想？你就这么死了，想得真美。沙发还没有搬过来，你必须把它搬来！你别以为死掉了就完事了！真是要气死我了，你个懒鬼，什么都不干，每天都等我把饭嚼烂了吐进你的嘴里！”

男主人依旧沉默不语，泛蓝的眼袋又肿又大。他的眼睛里藏着的毫无疑问是一团深远的愤怒之火。这神奇的火焰在他死后依旧存留，除了可以增加他的身高或是帮他在羊腹内放入小茴香末以外，几乎什么都能干。

他的儿子继续火上浇油：“明天的家长会你必须去。这次你别想推给父亲了，因为他死了！”

“臭小子，你可真吵！”

女主人气急败坏，她大吼一声，一把将孩子甩了出去。男孩的身姿构成完美的抛物线，飞达目的地，在父亲肥大的肚子上弹了两下。男孩气得张牙舞爪，头发直指天际，开始拼了命磨牙，做好了进行一场艰巨的攻防战的准备。

男主人万万没想到自己死后也要遭受如此恐怖的痛击——人肉炸弹——还是自己的儿子！他已经死了，死后的世界是野蛮的。但身为死人的他，却是被这野蛮的世界偏爱的。他会看到一些新的风景，会毫不费力地获得大自然无穷的安慰。只有在死去后，他才有机会做一次母亲，哺育那些比他小很多的动物，成为它们青春动人的躯体的一部分。被大自然抚摩，被数量庞大的生物照顾着——他无所畏惧，他随意泛滥，他正处于人生的最佳状态，没有人会批评他。所以他下定决心——我哪怕死了，也不能认输，尤其不能向自己的妻子认输。于是他义无反顾地咬断了自己的舌头，发出咔的一声，像冬天的小树枝断裂的咔的那一声。他死去的皮肤上骤然涌出大量的皱纹，使他的脸看上去像挪威地图。然后他——一个死了三个钟头的人，收拢他的嘴唇，那条断掉的红红的舌头在牙齿间探头探脑，被它的主人“呸！”的一声——吐在了女主人脸上。

哦！他把舌头骄傲地吐在了自己妻子的脸上——这个世界简直充满谜题。

我的尖叫声和男孩的几乎同时响起。

舌头在女主人的脸上因为唾液和血液的缘故稍作停顿，然后顺着她的脸颊缓缓滑了下去，粘在了衣领上。她的左半边脸上尽是唾液和血沫，湿漉漉的形状看起来像是一条粗尾蝌蚪。我不敢细看，躲在院子里的装着葡萄的篮子后面，生怕她一气之下将我生吞。衣领上的舌头闪动着一缕亮亮的藕荷色。它依稀记得自己死前是个伟大的发声器官，于是轻轻上下摇摆，我竟然能断断续续地听见它用一种像是骗人的声音说着“扎兰屯市再无沙果”。

女主人一把扯下舌头，用脚狠狠踩踏。来自丈夫的羞辱令她体内的肝火几乎爆发。她先是后仰，拍打着胸脯，不停地摇头。又挺立着，挥动胳膊捶打空气。

“你竟然敢羞辱我！你竟然敢——是谁给你的胆子？”

她的脸上流露出了异样的激动神情。她双目赤红，也“咔！”的一声用力咬断了自己的舌头！她咬得太用力了，血像雾一样从她嘴里弥漫出来，在她宽敞的脸蛋上敷上一层薄薄的红。她看起来像是在捍卫自己的疆界，神情严肃得近乎荒唐。她的嘴唇也开始收拢，像花儿在夜晚合拢花瓣，嘴巴里发出卷羊毛毯的声音。然后她“呸！”地一下——竟然也将舌头吐在了丈夫的脸上！

夫妻俩惊人地步调一致。

苦命的舌头们。当它们与自己的主人连接在一起的时候，无疑是被爱灌溉的。主人们甚至不舍得咬上它们一口。它们同那洁白的牙齿、牲口似的顺从的牙龈和那如谷地平原般连绵起伏的上颚一起享受天伦之乐。如今它们被毫不留情地利用，被人抛之脑后，悲惨地成为了遥远的过去。

男主人冷漠地盯着上空。那截断舌像上岸的鱼一样，噼里啪啦在他的脸蛋上跳动。他肥大的脑袋被妻子的舌头抽打得摇摇晃晃，蹭了一脸泥水。他可能不太相信自己被妻子的舌头抽了巴掌，他觉得这屈辱的一切都是他吃得太饱时做的梦。女主人目睹了丈夫的狼狈，这才放心了。愤怒之战里也许她从未输过。她站在原地淌着血摇晃，被风吹得歪向一边，却在相当长的时间里维持着自己与地面的垂直状态。“真是岁月不饶人呀！”她是否正在这样想呢？女主人对自己的表现还算满意，用烈火一般旋转飞舞的爱情爱抚自己的全部——从童年鼓起的愤怒肚皮，到现在总是推迟的例假和那些她花费大量时间与精力向孩子们学来的新式脏话。她指了指自己的嘴巴，指了指目瞪口呆地坐在爸爸肚子上的男孩，又伸出了两根手指。意思是——我如果有两条舌头，一定会往你脸上也吐一条的。然后她摔倒在地上。这是一项伟大的牺牲，她为自己的奉献深感骄傲。这是最辉煌的时刻，她在死前的短短一瞬露出了微笑。

此时一群小麻雀从连片的屋顶那边轻快地飞来，扑扑腾腾，停在了他们铁锈色的房子的窗台上。那些不够强壮的榉树好像久病初愈一般挺起了肩膀。如水晶般清澈的昆虫和穿着蕾丝裙的鸟儿也全部换上了一双憧憬未来的眼睛，它们已经无所畏惧了。院子里传出迎接胜利的甜蜜笑声。这家人还没在新家住上一天，就把附近的生物吓坏了。奇妙的是，正处于喜悦中的竟然不单是这些生物，同样喜悦的还有他们的孩子。那个男孩看到父母全部死了，竟然乐开了花。他立刻从父亲的肚子上跳了起来。

“这就像下了一场雨，清新凉爽！”

他也是足够可怜的，头上布满抓痕，胳膊上血淋淋的，裤子上也满是泥土。现在他满脸笑容，转着圈拍手。他向前一跳，越过父母的尸体，就像越过了一个深不见底的沟壑。“真不敢相信！这群总是惹我生气的人竟然死了。现在我自由了。去他妈的家长会！我要走了！去山里！”他抱着自己的脑袋，眼眶红红的，充满了对安静世界的渴望。他对着房子背面的群山喃喃自语——它们如铁器般耀眼，盾牌似的阻隔了地平线。我们的男孩——诞生在魔鬼家庭里的孩子，此时此刻，对自己父母的尸体视而不见，望着远处的峰峦，稚嫩的脸庞散发出炽热的光芒。对山的爱源源不断奔腾在他的脉搏里，他的肉体和灵魂仿佛焕然一新。他义无反顾，迈着轻松的步伐走向他的目的地。也许他将要改写家族历史，健健康康地活到六十岁。

“你要走了吗？”

“是的，我要走了！”他说，头都没有回。

“那你的家人怎么办？总要把他们埋葬。”

“就让他们烂掉吧！”

“可是……”

“我要走了！”

他还是走掉了。我深感无奈，只好跑到街上求助他人。大家都是热心人，了解情况后，他们决定去买两个棺材，将他们安葬。大人们又是量身高又是搬抬，折腾了好久。我坏脾气的新邻居哪怕死了也在向世人展示着自己非凡的、满口术语的怒气。当有人把他们塞进棺材里时，他们冰冷的肌肤被自己体内的邪火烫出了水泡——这些鼓鼓囊囊的水泡立在他们死人的皮肤上，看起来就像雪面上摆着的几块与活物看起来毫无二致的蜜蜡石。因肝火而生的水泡应是世界上独一无二的，应该用“您”来称呼它。它犹如一头初出茅庐的黄狮子，展现了人类的进步。死去的肉体无能为力，只好以自虐的方式继续自己的丰功伟业。

他们生前有没有惬意地吸入空气呢？死后又是否能稍稍休息一下呢？

一群人忙了半天，大多数时间都用在了给不断地从尸体各个地方冒出来的水泡涂抹粉底。热心的大人们快被这沉重的荒诞压成化石，他们显得疲惫不堪。我站在人群外向里看着，偶尔回头眺望远处的山峦，寻找离家出走的男孩。或许远离了人类，他的脾气就发不起来了。终日面对树木、如皮革般坚硬的起居室、黄蜂的政治恐吓、死心塌地的山间蚂蚱还有那些可以绊倒人的硬硬的蛇——他的心情定是极好的。他甚至不用担心会饿死——草地里满是还带着火药味的热乎乎的弹壳，捡起一颗嚼一嚼，可以半天不用吃饭。再不济，也可以吃山上的日本弓背蚁们肮脏的院子和黑制服。哪怕他挨了棕熊的打也没关系，唯一的医院就在山下，他咕噜咕噜从山上滚下来就可以。因为医院屋顶上有天窗，天窗下就是病床，还有一群穿着沙滩衬衫的男护士就等在那里。

回家时，我边走边发出老气横秋的叹息。新邻居的怒吼声在我脑海里一个劲儿地向外撅着屁股，像是要从我的嘴巴里蹦出来。这是什么传染病吗——要把我这艘小船推进油一样黏稠闪亮的沟里去。蓦地，一阵凉意从我的心头涌出。我深感不安，四肢僵硬地向前走着，紧紧闭上嘴，生怕骂出脏话。我的母亲站在门前迎接我。我今天和一群坏脾气的人儿“交朋友”，被脏话秽语轰得昏昏沉沉，如同在火中荡秋千，熔炉里游泳。我一见到我的母亲，就被她恬静的笑容、甘甜的眉眼惊艳到背脊发凉，像一只被蜂蜜所吸引的蚂蚁一般迫不及待地跑去拥抱她，将她身上的花蜜吸入胃里。当她热乎乎湿漉漉的嘴唇贴上我的脸颊时，我瑟瑟发抖地站在原地，一动都不敢动。她把我抱进家里时，我鼻子一酸，差点号啕大哭。我开始手舞足蹈地给她讲今天发生的事情，像浅滩上的蛎鹬一样拍打自己的翅膀。我脚下的木质地板发出嘎吱声，里面的钉子也因生锈传来吱吱的噪音。我的母亲低声安慰我，只要一有机会，她就会弯下腰抓住满屋子扑腾着翅膀乱跑的我，在我的脸蛋上轻轻啄上一口。不久，所有的不安都被她一口一口啄完了。

可是当夜晚来临，我依旧无法入睡，用粗布被子将自己缠得紧紧的。我的周围已经形成了一个恐惧的圆环。我被已经死去了的新邻居的坏脾气和结局所恐吓。母亲已经陷入甜蜜的梦乡，闭着眼睛，轮廓朦胧的睫毛几乎没有颤抖，像一只泰坦甲虫那样安稳。我的耳边回荡着我的新邻居们的怒吼声，脑海中不断浮现出幻觉和诸多真实的情景。每隔一段时间，我都要翻动一下。

“气死我了！”

“啊！”我发出尖叫，从床上弹了起来。我的耳中突然炸响起这熟悉的话语，我在听到的一瞬间身上就冒出了鸡皮疙瘩。有完没完！我瞪大眼睛看向窗外，抱着发抖的胳膊坐了起来，被子里的我的两腿也在发软，我甚至感到挡也挡不住的尿意。我的头发刺痛我的脖颈，我的胃肠凶猛地翻腾，我难受得要死，满身都是汗。窗外什么都没有，在昏暗的房间里，我听到遥远的墓地那头传来了争吵声。它是那么远，同时又那么近。它和我隔着一座山，却又近在耳边。我绞着双手不停地惊呼，这拖泥带水的怒骂声如蚊虫般在我周身盘旋不去，冷不防地咬上我一口。

“去你父亲的棺材里！我这里已经很挤了！”

是女主人的声音！是那位此时此刻已经没了舌头且被厚厚的棺材盖和泥土压住的女主人的声音！我甚至听见了男孩的声音，可是他不是在山上吗？这或许只是一场噩梦？

“哦，臭小子，你不要进来！我这棺材比你母亲的都要小。”

“这群人真是气死我了！这个棺材可真够小的！竟然在死人身上挣钱，无耻下流！”

“他们拿着尺子量了半天，什么用都没有！”

“他们为什么不多做一个棺材？”

“谁知道你也死了！你就躺在外面吧，明天他们看见了，肯定会给你也做一个棺材的！”

“我被虫子咬得受不了了！我一定要进去！”

“你给我待在外面！我可不给你让位子。”

“我不，我挖了半天才把棺材挖出来！我一定要进去！你们赶快挪个地方！”

“早不死晚不死，偏偏深更半夜死掉了！你真是气死我了，从你出生到现在，你一直在惹我生气！”

“我也很生气啊！我怎么知道山里那么多虫子！我被它们咬得发疯！我整条胳膊上都是它们啃出来的印子，我是被它们活生生气死的。”

“你就死在山里算了！别在这里招人烦！”

“你们这群老骨头！没了舌头还这么能说！我都告诉你们山里虫子多了！我根本受不了。”

“哈，没了舌头？我就算失掉灵魂也照样能骂你一天一夜。”

男孩也死了？我侧耳倾听他们的争吵声，是那么全神贯注。这个空间里什么声音都没有，从另一个空间里传出的声音彻底惊扰着我。我哆哆嗦嗦地坐着。夜晚与我之间被连上铁轨，本该被运来的油葫芦们的鸣叫或是行星作物全部烂在铁轨旁，被源源不断送来的竟然是那群坏脾气的人嘴里呕出来的碎木屑。我感觉自己被男孩欺骗了。他满口谎言，他说要去山里的。去山里，就注定要和那些绿色、粉色、乌珠穆沁熏皮袍色或是炸土豆色好好相处，最差也要和山里闪着翠绿色光芒的啤酒瓶碎片做个朋友。然而他却被蚊虫气死了！真可恶，他的坏脾气将他的肠道都堵塞了——如果他把那些嗡嗡叫的小虫子看成是周末来打野鸡的人，就不至于如此神经兮兮的了。他竟然死了！我难以置信——他竟然也被气死了！哪怕他变成山里的一只露着牙齿的东方蝙蝠也比这好。

“嘘——”我的母亲不知何时醒来了，她抱住了我，将我拉下来。我的头被她轻轻压在了枕头上。我又躺下来了。她身上是睡眠的味道、梦的味道。我狠狠吸了一口，希望它们让我的心跳减速，让我睡觉，但无济于事。

“你做噩梦了吗？”她问我。

“他们在吵架。”

“哦，我的孩子，别管他们，睡吧。”

“我办不到，妈妈。”

我被自己的汗水刺痛了腋窝，却被她的汗水抚摸。我们的胸脯贴在一起，我感受到她的心跳。她睡眼惺忪地挠着我的肚皮，我想她应该是想挠自己的。我的母亲握住我的肩膀，轻松地转动着，就像熟练的司机把握着方向盘。以往不管发生什么事，只要她这样摇晃我，我就会安心睡去的。可现在我的眼睛瞪得大大的，嘴唇颤抖，感觉全身冰冷。恐惧已将我挂牌出售给了我的新邻居。飞蛾或是其他小虫敲打着玻璃，噼啪作响。母亲的声音渐渐模糊，抚摸我的力气也变得微小。

“快睡吧……天都要亮了。”

“连猫都讨厌别人坐在它的椅子上。我们堪称大自然里的不良员工的典范，脾气不好，个人卫生也令人发指。”

“睡吧我的孩子，我的美梦足够我们两个人分享了……”

母亲在我耳边喃喃自语，摆弄着自己所擅长的陈述句小游戏。我依旧睡不着，她身上曾经能够安抚我的神奇的魔力如今已经消失了。我全身都被笼罩在令人惊惧不安的咒骂声中。我忧郁地望着母亲的脸，她的脸就像无风时的湖面，连一丝涟漪都没有。我的母亲全身都沐浴在一种朦胧的静谧之中，几乎所有人都期待和她一起漫步在月光之下。我曾经与她紧密相连。可是现在，我在她怀里，却感觉与她无比遥远。她可以选择不去听死者的呼喊，远离坏脾气的人，远离他们恶毒的唾骂——我却无能为力，我连死去的蚊子的嗡嗡声都可以清清楚楚地听见，也不能避免被坏脾气的人影响。

当我的母亲停止一切话语和动作，发出鼾声时，他们的争吵声便越加明显了。我惊恐地想要唤醒我的母亲，可无论我怎么推拉她，她都无法醒来。她闭着眼，丝毫也不受人类痛苦的浸染，她居高临下地嘲讽一切人。她睡了，是在讽刺我吗？不祥的预感在我心中弥漫，我吐出的每一口气都是震颤冰冷的。熟睡中的母亲也变得同他们那般庞大恐怖了。我深感无助，紧紧揪着她的睡袍，如果我有额外的四肢，我定会像蜘蛛那样将母亲团团围住。“妈妈，睁开眼吧！和我说说话。”我大喊着，不断地回忆着母亲睁着眼睛的样子——在松垮的晾衣绳旁睁着眼睛的母亲、给西里德格会员打电话时睁着眼睛的母亲、撕下23号的日历时睁着眼睛的母亲……可是每当我想拥抱回忆中的、睁着眼睛的母亲时，她便又把眼睛闭上了。噩梦啊！噩梦啊！我听见了棺材碰撞、肉体打击和生物抹眼泪的声音。我双腿的颤抖竟然令厕所的玻璃门都跳动了起来。天花板上的灯泡也被我抖落，“当！”的一声掉进烟灰缸里。这些死人毫无节制地利用自己已经沉睡的灵魂。哪怕死去了，他们依旧对自己的怒火怀揣着一种高尚的责任感。他们活着时，这犹如新陈代谢一般轻松，因此死了都要照顾好它。哪怕他们因它而丧命，失去了皮肤的温度，被烫出了满身的水泡……

如果我今晚不睡觉，那明天的课上我就会昏昏欲睡。生气的老师会告诉我的母亲，母亲便会因此讨厌我。绝望的我开始尝试着将母亲的发饰塞进耳朵里。发饰的尖角钻进我的耳朵里，从另一边探出了头。这个动作一气呵成，锋利的发饰像一班列车从我脑子里驶过。我突然意识到伤害自己是一件不会流太多汗的工作。我没有将它拔出来，闭上了眼。本来近在我耳边的怒骂声逐渐听起来像是从盒子里传来的，又渐渐变得似有似无，听起来像是有人在遥远的太仆寺旗敲碎了一只缺钙的母鸡下的蛋。如果我抽烟，我可以这么说——大概过了一根烟的时间——我什么都听不见了。这种递进的安静缓解了我的恐惧。我面对着母亲侧躺，将脸埋进她的胸脯。她在睡梦中抚摸我的头发，却不小心被从我耳朵里冒出来的发饰尖角刺破了手指。她只痛苦地呻吟了一下，便沉沉睡去了。

威风老虎

思念！老虎啊！

当年，她向下挖掘，我们远远站在麻蕡的托叶上，没有阻止她。人们异口同声，认为她的挖掘有助于提升土壤的透气性。结果发生塌陷了，所有人都无家可归。一个可怕的错误展现在我们面前，母亲拉着我的手奔走于人潮汹涌的大街上，因为空虚和消沉我频频拉扯行人的上膛之枪。热情的人们呼唤着地下的老虎，口中不知重复了多少次“明日与你相见”。没有一个人认为是她的错，他们说之所以发生了塌陷，是因为我们的房子太重了。

我们需要一些轻盈的房屋。人们在长满了沈丁花和石菖蒲的清澈生命线旁用棉花盖房子。坏家伙们总是在造房子时抽烟，客客气气地熏黑房子的外墙。毛茸茸的房子建成时，不诳不骗的匍匐福禄考[1]紧贴着地面，为我们的棉花房子作押韵的注脚。棉铃虫和棉蚜已经长谈阔论数月，坐上了赢家的宝座。戴帽子的画家们赶来这里挥笔作画，轻声细语。曾经的小径被我们烧毁了，一起被烧掉的还有那些笑容仿若蜜糖的男人们。玩具商们在小径上建庭院，她们抿一小口酒，钉子和锤子在口袋里发出叮叮当当的清脆声。每个人都是喜悦的，我们对新建的庭院非常满意，因为它比羊奶酥饼更适合款待宾客。

只可惜不多久，老虎就爱上了划船，她的船桨溅起的层层水花淹没了我们的棉花房子和庭院，我们再次无家可归。生命的游戏似乎难以继续下去了，老虎的尾巴上乡愁难解，她气息缓缓地从我们背后走过去，在街道中缓缓刮着地皮，她依旧是不忘一抹温柔，雅布洛诺夫山脉[2]在她前胸若隐若现，在火焰旁取暖的二云母[3]同夜色逐渐逝去。老

1　匍匐福禄考，是一种原产于美国东部的草本地被植物，它以鲜艳、紧密簇生的花朵绽放出丰富的春天色彩而闻名。

2　雅布洛诺夫山脉，又称兴安山。山脉从蒙古开始向东北，穿越贝加尔湖东部，绵延1600公里直至外兴安岭，山上遍布参差不齐的花岗岩峰峦。

3　二云母，云母英矿物的一种。

虎再次让我们离开了自己身边，“总有一天你们会大放异彩”。她摆着尾巴迷惑我们。人们大汗淋漓，迟钝地露出笑容。当冬天到来时，我们抱在一起取暖。我蜷缩在人群的中心，尚未准备好接受一整个冬季的磨难。我滴着凉飕飕的眼泪，提出想见一见老虎，母亲却对我说：

“何必打扰。”

熬过冬天后，我们用春天的琼花筑起了高楼。开始装修那天，这里来了一位有名的文身师，公文包里装满了骆驼奶，用卡笛颜料。我们抓住时机，让她在我们背上文上了老虎。人们追求艺术，只为一个新的开始。而作为新开始的不可避免的残留——穿刺皮肤的疼痛就这样存在着，通过一种又长又亲密的传输方式，在人群里流通。我们蔑视除它之外的所有疼痛。它有一段时间被当作双色球里的蓝球来用。这肿胀的痛让残缺的卡车司机哪怕在奔波一个月后，也能量不减，通红滚烫的身体可以叫威德尔海沸腾。他们在清晨来临时用手指点燃垂柳的叶，如果黑夜说谎，那小小的火苗就可以叫整棵树支离破碎。老虎在低洼处的旋涡里，四肢紧贴沙子的骨架，耐心地听着我们的肺腑之言。她填满我们的缝隙，也抽空填满了全部的井。

我年纪太小，偏偏文身的面积又太大了，严重疼痛和感染差点要了我的命。好在文身师熟能生巧，用她的骆驼奶治愈了我。我在她和骆驼奶的陪伴下睡了个好觉，她说我打呼噜的时候枕头都在震，所以她把枕头钉在了我的床上，防止它把一些小的摩擦上升到暴力事件。骆驼奶以及静物或者钉子告诉我：理智会取得胜利的。我们背上的“老虎”随风唱歌，绝不增加人世间的痛苦。我们在一堆卸了子弹的锈斑里挑挑拣拣，发现一切都齐全了。于是我们放弃了自己曾经的浪荡作风，以一种平常心袒露着自己的上半身——所有人都充满了宿命感。当我同关系密切的同辈人争论，总是被右衽和辫钳急促的口哨声打断，为此我多次闭口不谈。但背上的老虎不同，我指着别人的老虎提出自己的观点，没有什么会发出噪音——这为我带来了巨大的信心，使我如种子一般成长，不再因为一些图画而大惊小怪了。

文身师离开那天，下了大雨。每当大雨倾盆时，我们会不约而同地寻找老虎。我们认为从天上掉下来的不是水，而是溶菌酶和蛋白质，我们认为那是老虎的恩泽——因为雨水令烧红的煤炭不再烫伤孩子的脚踝，令帽檐变得更加沉重。人们站在楼顶，高声向老虎道谢，感谢她的慷慨大方。我带着望远镜登上了楼顶。大火中死去的男人们也在寻觅老虎，他们是如此的清晰，燕子的影子能够投射在他们身上。男人们令我忧伤，他们在物镜里环成一个戒指，令我无法看见远方的老虎，只能在一片孔雀蓝的水汽中看见一只普氏羚羊似的雨滴直溜溜地砸下来，穿透防水卷材，然后悄无声息地融进地里。楼顶之所以成为了最好的场所，并不是因为它高，而是因为它可以缩短你感到困惑与惊恐的时间，在雨滴落地之前给你一个结尾，不至于叫你颜面扫地——运气好的话，还能让你思考一下这场雨的前因后果。虽说有高高的山可以让人们爬上去，可是一下雨它们就变得滑溜溜的。我收起了望远镜，大人们躺在湿漉漉的地上，说他们已经感知到了老虎。我原本不相信他们，可就在雨停时，老虎真的出现了。我感到左肩变得沉重，扭头发现上面有片薄薄的蝉翼。太阳探出脑袋，我将猜疑统统抛弃，无人无物能阻挡老虎的脚步。她还穿着合唱队的红色上衣，耳朵贴在我的大腿内侧，令我不由自主地夹紧了双腿。她被我的乖巧打动，不断亲吻我的肚皮。这是一段刻骨铭心的经历，她舔舐我的后背，舌头上的倒刺留下了一大片崭新的痛楚，不同于打雾，这是骆驼奶也无法治愈的伤痛。她冲着我的骨骺吹起凉凉的风，令我长高了两公分。老虎有着转变固有观点的能力，这是我从未意识到的。她督促我承担起自己的全部，我跪在她的尾巴上，感谢她的存在。她将那些死去的男人吞进肚子，离开前为我取了一个新名字。

那片蝉翼很快就被大人们抢走了。为了防止它融化在手掌里，他们焦急万分，一股脑挤进了电梯里。电梯里铁屑四处飞散，不锈钢的内壁被腰带压出了死胡同一样的凹痕。人们上上下下叠了整整四层，最上面的人需要将自己压缩成二维平面，防止顶破电梯。他们之间没有缝隙，构成一个结实的整体，无论电梯如何摇晃，他们都纹丝不动。我在电梯外面，发现大人们并不像石榴，他们更像一条竖起来的蜈蚣。载客电梯发出咯吱咯吱的可怜声音，它的痛感持续着，红灯闪闪，说着求饶的话。人们表情冰冷，他们光滑的扣子中充满了剪影，我困惑的脸在里面尤其清晰。他们说蝉翼是老虎的指甲，并将它种下，等待在冬天收获更多的蝉翼。我的新名字也未能陪伴我太久，当人们得知老虎为我取了名字时，恳求我站在一条黑色的大狗身旁，我没能拒绝，两手空空站了一个下午，新名字被它叼走埋进土里了。

在我们思想的加固与退席之间，老虎是不可缺少的。我们为她开了一家饭店，叫“威风老虎”，卖兔子肉、荞麦馅饼和阿拉善盟的黄芪。从外面看，房子就像个巨大强劲的、涂满油的转轴。它是砖头房子，水泥里夹杂了一些当年盖棉花房子时剩下的棉花。后来我才知道棉花们是不请自来的，没有人想用它们。大人们牵着我的手告诉我它的东南西北，他们还指着饭馆左边的窗户告诉我：这个比右边的要快两秒。我经常去饭馆里帮忙，因此多次向厨师提出想要一点骆驼奶，她和她的骆驼勉强挤出一丝微笑，好像我弄疼了她们似的。她们拒绝了我。当我追问，她给出了一个富含细节的，但是不怎么周到的解释。她具体说了些什么我忘记了，大概是关于自尊或是期货，自那之后我再也没有要求什么骆驼奶了。令人喜悦的是，合唱团经常来威风老虎饭馆里表演。老虎是合唱团里最棒的女中音。老虎太棒了，她才华横溢。所有见过她的人都无法忘记她。圆圆的脑袋，粗大的爪子……她的歌喉——那是纯澈的光芒，趁你不注意悄悄地阖起无数道门。伟大的歌儿在威风老虎里响起，是人们苦苦寻遍所有角落也无法寻到的安抚。她的形象已经成为了一种具有魔力的歌曲，以至于她消失后，威风老虎饭馆仍在营业，合唱团每次演出时，都会让其中一位女中音赤裸着上半身背对观众，展示后背的图案，好让观众们误以为老虎还在。

思念！老虎啊！

那是十三年前的七月份。一位身披晒干的毯子，脖子上系着好多铃铛，把头盔歪向一边的男人走进了我们的威风老虎饭馆，他坐在最前面的座位上，向我们要了一杯水。都说“巨变常常由外来者引起”，他的出没仿佛在提醒我们——我们的治安出现了问题。他晃动自己的脖子，铃铛响起来，唤醒我的联想能力，从那金色的铃铛到高个儿的寝具，从寝具到生姜，然后从生姜想到灰黄色的沙尘暴。那时我年纪太小，对自己的稚嫩还毫无认识。我只当他是沙尘暴里的一粒沙子，而不是掀起沙子的飓风。

天气很热，所以我没有穿上衣。当我把凉水放在他桌子上时，他突然用手指画了一个圈。我为他转了个身，他凑近了看我后背上的老虎。他快压弯我的腰了，我向后伸手，用力捏住了他的鼻子，他毫不在乎，双手像一块令人过敏的布料一样摩擦我的皮肤，大拇指压着我的骨头，食指和中指捏我骨头之间的肉。我止不住干呕，将大拇指戳进了他的左眼里，他叫了一声，像一条比目鱼一样铺在桌子上。他“蒙面”了，双手却没有离开我的后背。他是袋状旋转气体的微缩版，是地震纵波的扩大版，真是恼人。我将牙签插进了他的指甲里，他终于松手了。我学着大人摆出一副受扰的姿态，他聪慧机敏，与水杯相拥，黇鹿般啄了一口里面的凉水。我被迷惑，感到威胁已经离去，他只用一个动作就巧妙地冲淡了我内心深处关于坏蛋们的回忆。

“妹妹，这是什么？太漂亮了。”他抬起脑袋赞叹不已。我告诉他这是老虎。

“这是真的存在的吗，还是你想象出来的？”

“是真实存在的。”

有多少人只能沉溺在光辉的过去，而无法向前一步了呢？孩子们只能想起它，而稳重的大人们则能辨别它。他一定是来寻找进步的，因为他看起来像是会把脑袋留在铁轨上的勇士。他愿跌落，跌落后再次跌落。果然，他摘下自己的铃铛，塞进了我手里：

“妹妹，你带我去看看老虎，我把这个给你，是金子的。”

我没见过这么大块的金子，富士苹果一样。我只吃过用金箔裹起来的高山黄油。“不是什么大事。”我将铃铛揣进了裤兜里。它们太沉了，我只能紧紧系上腰带，防止裤子掉下来。我系得太紧了，感觉自己的内脏都向上挪了一步。见我点头，他立刻拉着我的手跑出了饭馆。汗水从他的头盔和头皮的缝隙里淌下。“别着急。”我对他说。他却让我跑起来。“快点——跑一会儿——跑呀！”我没有服从他，他的脸蛋就通红了。他如此重视他人的行动与反应，要是我没反应，他就会觉得我不喜欢他——这位新的崇拜者，比那些剔除了麦麸和胚芽的白面，有着更加倔强的余火。我才不跑。我用跑步的动作慢悠悠地走了起来，他没发现我的恶作剧，气喘吁吁地紧跟着我，嘴里还说着“以你为荣”的可怜话。他认为老虎怜悯的是我，我说老虎从不怜悯任何人。他说不真的东西才是最可怕的，让我不要屈服于真实的老虎，我向他表示只有差强人意的爱人才会选择屈从。我们边跑边嬉戏，真情似乎已经开始流露。

我领着他来到饭馆的后面。那里有个垂直的大洞，他踩着刹车凑过去。向下看，大洞黑黢黢的，深不可测。这个洞的形状是六十二条田泽湖线的综合，在它的周围，杂草的根须已经裸露，草儿们像可拆卸的袖子一样随着洞的呼吸摇摇欲坠。大洞的右边爬满了葡萄藤，上面结着三年前的橘子。橘子们沉甸甸地滴下来，当松鼠从它们身上跑过时，它们就会画出狗尾巴一样的弧度。橘子们快要掉进洞里了，它们就用这种恍然大悟的样子糊弄人，让人不敢摘下它们。有些不会飞的虫子在洞口爬来爬去，它们实际上是在布雷区活动，洞口周围粉碎的土块是低廉的水雷，昆虫不是作为舰船，而是作为冰柱引起了它们的爆炸。洞底堆积的虫子的残骸大概已经有大象腿那般厚了。大洞本身是不吓人的，它令人发抖，是因为它是由时间塑造的，而时间是恐惧的源头。他好奇地向下看，小腿一直在打战，被吓得分不清表和里了。

“你可以跳下去看看。”我建议他。

“有梯子或者绳子吗？”

“没有。只有会跳伞的快递员下去过。”

“妹妹，你小小年纪就会避重就轻，很有一套。”他扭头盯着我胸脯上停落的蝴蝶，面露困惑。你不能这样，因为蝴蝶和胸脯重叠，就分不清翩翩起舞和柔软了。当他再次开口时，说出的话简直又臭又长：

“你……你背上的老虎，你们攒着钱似的，要干的活儿可真多。在我们那里，你这个年纪的孩子还在上学，我是说——不会有人用针和颜料刺破你的皮肤……我在说什么呢……你们一定不是……不是想借着这名气愈发放肆的。妹妹，我老家那边有个技术可用来检测肿瘤，原理就是，靠近与远离太阳塑造了四季，靠近与远离危险塑造了肿瘤。在没见过她之前，我们是远离，而现在我要靠近。靠近等于远离，这个等式我们司空见惯了不是吗？我就是这么折磨自己的，你也是。大家都是这么折磨自己的。接纳的第一步是容忍，远离的第一步是接近，如果我不接近她，我怎么远离她呢？你们之所以离不开她，是因为你们从来没有接近过她。我之所以成为了我，是因为我记得我的过去。可我的‘过去’正在强烈地感受到莫名的约束，我几乎没有什么可以选择的，已经有人替我决定一切了。你也是这样想的吗？这些人，把你拴在一个饭馆里了。妹妹，我将会帮助你，相信我，你可不能到处挖洞。他们糊弄你，快醒醒吧！妹妹，你觉得我是质朴迷人的吗？如果，我真的跳……跳下去了，那我觉得我是质朴迷人的……”

“当然——下去吧。一只刺猬饿坏了时，会吃青蛙卵的。”我说。

他解下了自己的裤腰带，放在洞口旁边。他的汗流得厉害，鼻梁湿得像蛋壳的内面，眼睛也像奶牛的眼睛一样了。他扶正自己的头盔，把猴子一样的脚缠绕在洞口的杂草上，他把身子折起来时，脖子和肚子像新生儿一样布满皱纹了。然后他压弯了腰，两只手抠挖着洞口旁边的沙子，好像在和洞拔河，实际上是在寻找着自己绝妙的平衡。他就维持着这个辛苦的动作一声不响，背上的坑洼里汗水汇聚，像小的湖泊。他突然蹲下来将头放进了洞口里，背上紧张的湖流下来淋湿了他的脖子和头发，然后他松开手和猴子脚，转了好几个圈，带着那些橘子和虫子像潮汐一样翻了进去。他原本像牛一样优雅，可他翻下去的动作实在是太奇妙了。他卷动了风儿，翻卷时的影子也变成了诡异的光晕。他像是一层又一层的，因为紧张还发出了起起落落的求饶声。他下降到两米左右时突然向上匆匆一瞥，提醒我不要出风头。我瞪大眼睛看他，这轮胎滚动，山地长腕蛙和罐子一般的奇景将在我的脑海中重演多次。他很快消失在了洞里。我坐在洞的旁边等待，一直到一个太阳变成一半太阳时，我才听到了粉身碎骨的声响——他落地了。我掏出裤兜里的金子铃铛丢进了洞里。

我原本以为他摔死了。谁知在九月下旬，他又出现在了威风老虎饭馆。当他一瘸一拐地进来时除了我没有人发现他。他坐在椅子上，肩膀是歪的，胸膛凹了进去，看起来怪吓人的。但神奇的是，他竟然没有诞生任何新的差别和脱节。他一如既往地要了一杯水。我为他端了过去。他没有喝下，而是用水沾湿自己的手指，轻轻蹭着桌子上的油渍。我再次回想起了他翻滚的身姿，那些甲壳虫一样的圆形身体逐渐堆积，它们就如同一些久别重逢的人一样涌向我，最终塞满了我的脑子，他的无数的头盔们从我的耳朵里挤出来，流淌到闹哄哄之外了。很多年后，我依旧会思考，如何让他不要出现在九月下旬呢？用貂皮盖住洞口或是九月中旬的消防车？或许只能说服九月，千万不要出现在八月份之后了。

“谁拥有优中之优？”他抬头问我。还未等我回答，他就骄傲地对我说，“妹妹，我见到老虎了。她是一扇发人省醒的窗口。我接近她，也成功远离她了。”

我沉默不语，他的喋喋不休成为了一种不祥之兆。他指着自己摔断的、像一个问号的鼻子对我说：“看着我——我就是那个拥有优中之优的人。”他摘下了自己的头盔，里面塞着一张皮，正面朝上，眼睛是两个黑色的小圆点。他只给我看了一眼，就戴上了头盔。

我们不能把会学鹰叫的冠蓝鸦或者偷懒的杜鹃的古怪生存策略归于欺骗。没有人阻止他戴着头盔走出饭馆。他走得慢吞吞的，可能是因为他受伤的身体，也可能是因为他沉重的头盔和头盔里的皮。大人不知道发生了什么，而我知道发生了什么却闭上了嘴巴，因为我听到右衽和辫钳的口哨声又响起来了，我向它投降，我知道它难能可贵，它是一捆印象，一捆硬邦邦的印象。我全身发痒，尤其是后背。我向后伸手去摸，发现图案全部凸出来了。它非常滚烫，尤其是它紫色和黑色的颜料。我感觉自己的背变宽了，如果它是书脊，那书本上全部的内容都可以印在上面了。我抚摸着火辣辣的背走到窗口看他，他走到距离饭馆三百米远的公共配电设施旁边，停住不动了。他像横杆一样被插在了青翠的山丘里，隔断了褐色的羊和电力管井。

绿莹莹的山石也同我一起瞧着他。他肯定累坏了，浑然一片，没有什么活力，让威风的老虎成为一件物品可是要付出巨大的努力的，更何况他只有两只手和十根手指。我回想起他临别的话，意识到自己做了一些糟糕的投资。有位背着一麻袋茄子的人路过那些危险的设施，仅仅与他擦肩而过。灰霉病可以通过空气传染吗？难道他用茄子刺缝合了伤口——不知为何，他维持着直立的姿势噼里啪啦碎掉了，头盔也滚了出去。或许是志气与怒气将他黏合，让他能够来到威风老虎。茄子的好伙伴被头盔落地的巨响吓得讲不出话，孤零零地站在那里。不多久，饭馆里的大人们聚集过去了。他们双手撑着膝盖，弯腰瞧着头盔里的皮。

谅　宥

今早，新的太阳升起了。

布特根苏木的小茂林里空气冷冽，阳光刺眼。昨日的太阳被一朵巴林石一样的红色云彩敲碎，稀里哗啦掉进了哈日闹亥湖里。今天的太阳尚未学会如何造出令植物们满意的光和热。路旁满是樟子松、红皮云杉、油松和少量的圆柏。在太阳的照耀下油松的针叶仿佛被镶上了银色的花边，随着风的吹拂，那银色像泛起涟漪的水一样渐渐消失了。开着橘红色花的孔雀草和长满稠密的白色短绢毛的长栉叶蒿蔓延到马路上，马路与森林的边界因此变得模糊且圆融。

其日麦拉图牵着哈斯娜布其的手沿着马路向西走，去住在西边的赛罕吉日嘎拉叔叔家登门赔罪。他稚嫩的脸上挂着困苦的表情，在昨晚的一场儿童游戏中，他犯下了不可饶恕的大错。其日麦拉图从不将游戏当作一场享乐，游戏对于他只是一桩十分沉重的工作，他不仅要在游戏中拼尽全力取得胜利，还要照顾年幼的妹妹。睡眼惺忪的哈斯娜布其嘟着嘴瞧自己的哥哥。她有两片生牛肉色的嘴唇，在饥饿的清晨肿成橡皮，看起来生机勃勃的，拿针刺破会喷涌出长篇大论。其日麦拉图流露出的哀伤、不安和羞愧的神情令她感到新鲜。他将手中被叠成四四方方的牛皮塞进了哈斯娜布其怀里，上面还沾着星星点点的干泥巴。哈斯娜布其的手指像新生的小山羊的嘴唇一样在牛皮上娇憨无措地摸索着，还没走半步就不慎将牛皮摔在了地上。其日麦拉图尖叫着捡起那张牛皮，甩开了妹妹的手，疾言遽色道："你在干什么？"哈斯娜布其愤怒地哭泣，她的身体一挫一挫，脸涨得通红，闭着眼紧紧皱着眉毛，仰天咆哮。其日麦拉图满腔的委屈，眼中也淌出了泪，他的鼻涕不受控制地像水一样从鼻管里流出，其日麦拉图呼哧呼哧地用手背擦下，全部抹在了妹妹头发上。他詈骂着自己丑陋讨厌的妹妹，不再牵她的手，用半米的空气将彼此睽隔，紧紧抱着牛皮向西走。

马路上阒然无人，密密匝匝的树木肆无忌惮地颤抖着——在那颤抖的瞬间，长白鱼鳞云杉、臭冷杉发出香气，孩子们把这种颤抖和香气当作了若隐若现的秘密。他们还有更为庞大的秘密——莫德勒图。它是在四年前的一个春天来到布特根苏木的。莫德勒图足足有成年双峰驼那么大，看起来像个对半切的葫芦，中间缢细，下部和上部膨大。它通身洁白，体壳坚硬，表面光滑，全身泛着金属的光泽。莫德勒图与大型唇足类多足动物非常相像，因为它有21对步足和1对颚足。莫德勒图似乎对眼睛的生长抱有严重的延宕心理，它的眼睛只有一粒蒙古勒阿木那么大，眼睫毛又粗又长，可以在上面拴一匹马。它眼睛那么小，鼻孔却像井口，呼吸时像在打闷雷，粗重悲壮，震得马路嗡嗡响。它还有硬邦邦的翅膀，但从不见它飞。几天前不知是谁在它背上画了一幅格鲁派寺院的壁画上经常出现的画作“蒙人驭虎”。除了那些细长白皙的足，它全身都被涂满了颜料。这并不是在折磨它，莫德勒图非常喜欢颜色。它的体壳可以感知到颜色，它可以通过体壳去品尝颜料的甜蜜湿润。莫德勒图尤其喜欢嫩青色和淡黄色调和出来的豆绿色。豆绿色令它感到安全、平静和舒适。

经常有比它体积小很多的虫子在它身上产卵，莫德勒图也因此总是背着很多很多珍奇昆虫的五彩斑斓的卵。它的温情和善良像一棵大树的树根一样被埋藏在地里，以极其隐秘的方式喂养着其他的生命。有一只绿啄木鸟非常喜欢它，它们形影不离，绿啄木鸟会站在莫德勒图的背部正中央同它聊天，防止自己踩上莫德勒图小小的眼睛，也防止自己掉进它的鼻孔里。轮到莫德勒图说话时它就会提起苏木里的孩子们。它曾经说过“我喜欢小孩子，但不喜欢他们在我腹下撒尿”。直到有一天，莫德勒图身上的绿啄木鸟的羽毛差不多被孵化而出的虫子吃干净了，它们才正式分开。莫德勒图因为这事伤心了好久，它一动不动地趴在路旁——背上积了厚厚的一层野鸡粪便，粪便上积了厚厚一层煤灰。有一只松鼠跳上它的背，结果被煤灰和野鸡粪淹没了。莫德勒图急忙抖动身躯，将松鼠抖下去，这才慢悠悠地开始走动。莫德勒图后来悄悄告诉孩子们：“啄木鸟去了昔日木镇，我知道的。”

苏木里的孩子们都非常喜欢它，这里面包括其日麦拉图。他有一次调皮地用煤块给正在睡懒觉的莫德勒图画了几根粗粗的髭须，但它没有生气，只是冲其日麦拉图放了一个大波斯菊味的闷屁，引来了一群毛茸茸的蜜蜂。不幸的是，几个月前他们玩耍时不小心压烂了莫德勒图背上的五枚大米似的虫卵。莫德勒图像濒临死亡的动物一样尖叫悲泣，它浑身发抖，小小的眼睛里滚出石榴籽那么大的泪珠，它悲痛欲绝，不知跑去了哪里——可能已经离开布特根苏木了。他们再也没有见过它了，这成了孩子们心中永远的秘密和疑惑。那些虫卵那么小那么多，没有一枚是它的孩子。他们不理解为什么莫德勒图这么伤心。孩子们总会遇见让他们倾倒的生物，只是随着年龄的增长，他们变得健忘和傲慢。曾经的爱被冰冷冷的泥土淹没。他们被盲目的激情引向困苦、愤怒和奴役。

赛罕吉日嘎拉叔叔住在布特根苏木最西边的一间白色砖头房子里。他的儿子也叫布特根。其日麦拉图要去他家里道歉就是因为他不小心把布特根戳破了。布特根是用上好的牛皮缝制的，但他并不结实。苏木里的孩子们一起玩“泥巴人”这个游戏时，布特根不慎被其日麦拉图手中的树枝戳破了。其日麦拉图还记得当时布特根躺在地上逐渐地变扁——他用手盖着自己身上漏气的小洞，感受里面的气体呼呼往外喷出。周围弥漫着一股令人厌恶的猫的臭味和烟草的辛辣。布特根很快移开了手，注视着夜空，脸上是一种庄重严谨的表情，他说："早该这样了。"此时此刻，他的欲望就是完全无条件地服从于自然的意愿。其日麦拉图眼睁睁地看着布特根高挺的鼻子变得皱巴巴，像酒鬼一样腆着的肚子也变得像煮熟了的鸡的皮肤一样蜷缩……最后变成一张扁扁的牛皮。他感到一阵惊恐贯穿全身。一起玩耍的孩子都被吓跑了，只有他的妹妹站在原地，迷茫地注视着她的哥哥。闯祸的那一刹那其日麦拉图就开始了反省，他没有向任何人呼救。生与死是两种高贵的表现，谁也无权剥削。他在反省中开始了自己童年的第一次沉思。

其日麦拉图敲开了赛罕吉日嘎拉叔叔的门。赛罕吉日嘎拉叔叔推开门走出来，他已经开始衰老，但依旧有着精实的肌肉、宽阔的肩膀和粗壮的胳膊。他的头硕大而方，犹如棋盘，黝黑的脸面无表情，看起来像块生铁板。他看到满脸泪涕的其日麦拉图，将他拉进门严肃地问："你这是怎么了？布特根呢？"正在将鲜奶倒进锅中的布特根的额吉钦达木尼也凑过来问："你这是怎么了？我的布特根呢？"钦达木尼比赛罕吉日嘎拉叔叔大了整整二十岁，是个矮小的，脸上爬满核桃皮一样的皱纹的老妇人。她没有头发，长着红色的眉毛和一个男性化的大鼻子。凑近钦达木尼可以嗅到她身上的焦味。那是从她的眉毛传来的，她从不戴帽子，因为滚烫的眉毛会不慎将帽子点燃。

几年前布特根因为误食了羊的短肋而丧命，钦达木尼痛失爱子，日日以泪洗面，她将近三百摄氏度的痛苦熔化了苏木里的所有窗玻璃。听说从她房间里传出的如同芦苇的呜咽声令飞过的蚊子都伤心地折断自己的翅膀，不再飞行。赛罕吉日嘎拉叔叔在妻子开始变得厌食和疲沓时用牛皮缝制了一个“布特根”，又用马车搬来一只充满活力却异常肥胖的野猫，使用一个珊瑚盖子的鼻烟令它打喷嚏，向牛皮里灌满了气。同其日麦拉图玩耍的就是这个用牛皮做的布特根。其日麦拉图用双手捧着被叠得四四方方的牛皮布特根，泪水如煮沸的水般一股接着一股涌出，他不断啜泣着，感到胃变得像石头一样僵硬，感到腋窝不断冒出汗水，恐惧的气味从那里逸出。钦达木尼的母性直觉告诉她发生了什么，她薄薄的眼皮无法制止眼球的外凸，这让她呈现出瞠目而视的表情。赛罕吉日嘎拉陷入了沉默。沉得好似一块儿石头。一种痛楚的沉寂开始蔓延。他们用眼神彼此默认了这个事实并郑重地接过了那张破了一个洞的牛皮。其日麦拉图等待着接下来的惩罚，意识到童年开始为他设宴饯行了。

“原谅我们吧，”赛罕吉日嘎拉叔叔喃喃自语，“早该这样了。”钦达木尼双手捂着脸，不敢再看那张牛皮。其日麦拉图并没有得到惩罚。他感到困惑，他渴望得到他们的原谅，可他们又是在渴望谁的谅宥呢？

离开赛罕吉日嘎拉叔叔家，他原路返回。其日麦拉图突然意识到妹妹哈斯娜布其不见了。他焦急地呼唤她的名字，在马路上狂奔。风钻进其日麦拉图的衣服，吹干他脸上和腋下的汗水。他突然被风儿举起，被吹进了只有光和声音才能穿过的小茂林。其日麦拉图挥舞双手，高声呼喊。突然眼前的一切都明朗起来，他嗅到熟透了的香蕉的甜腻气息，冰块以及小池塘的青涩腥气。迎面缓缓飞来一个庞大的生物，它像星辰一样坚硬的翅膀发出哐啷哐啷的声响，犹如一列冒着滚滚黑烟的火车驶过来了。它发出沉重的呼吸声，差点撕开森林——是消失已久的莫德勒图，它又回来了！其日麦拉图在空中兴奋地欢呼。莫德勒图靠近它，用身体顶撞他，表达着自己属于昆虫的蛮狠的情谊。其日麦拉图被撞出好远，不慎丢掉了一只靴子。莫德勒图重新靠近他，其日麦拉图这才发现它睫毛上挂着几根香蕉，原来那甜味是从这儿传来的。他在空中触碰莫德勒图，用赤裸的脚踩它的足。当莫德勒图翻跟头时，其日麦拉图发现了莫德勒图肚脐眼里熟睡的哈斯娜布其。他感到不可思议——莫德勒图发出巨大的响音，他的妹妹却安然入睡，甚至发出悦耳的呼噜声。她汗湿的手掌和干黄的发尾上沾满了豆绿色的颜料，变得像一片春天的树叶。其日麦拉图抱下妹妹，注视着莫德勒图小小的眼睛。

“对不起。”他诚恳地道歉。

其日麦拉图在空中飘浮，树的枝叶也在风中细细地向上伸展。他被缓缓托举着，敞开胸怀去迎接风的洗礼，也因此感到整个世界充满谐律。

当清新怡人的大波斯菊的花香袭入其日麦拉图的鼻管时，他正式落地。

圆形和三角形

我于三个月前因偷窃入狱。我的狱友是一位四十岁左右的瘦小男性，这三个月里我一直忙于越狱，以至于我根本没有发现他竟然湿漉漉的。

朋友们，你们一定非常好奇。为何我会用湿漉漉这个词来形容一个人呢？这不合常理，但事实如此。

那天，我敏感异常。囚室里马蹄声响个不停。我看见三匹闪着磷光的巨型乌珠穆沁马滞重地在囚室里移动着，留下波状的水印和三重阴影。它们的身上用铅笔画满了贝壳，在灰尘中打着响鼻，淡蓝色的马尾无限向下延伸，像骆驼刺的根须一样深深扎进地里，探索我行动的轨迹。我不断地躲避，避免被马踩死。朋友们，我深知敏感不是坏事，但急需一些保护。我广袤的敏感，正在为我制造灾难。

我可以以成百上千个理由过完这敏感荒诞的一天，但我信心全无，一个理由也不肯使用。万物变动不居，我却流连于霉变的静止，将自己置身于变化之外的居所，仿佛只要风停止吹拂，我就会因此凝固，丧失价值。

我接下来要讲的故事，你们完全可以尽情地将它同你们所知道的其他的任何一个故事进行各种纵向或是横向的比较，找出它们之间的相似性，或是寻找它们相互间的影响。但是，朋友们！它变幻莫测，你们很难在上面树立任何稳固的判断。我恳求你们莫要深入故事的最深处，千万不要因此陷入可怕的人类沉思之中。它或许会令你们感到恐怖不安，或许会令你们大声发笑。它也许是残酷的，也许是可笑的，但不管它代表着什么，都不要掉进它设下的陷阱，做一些毫无意义的微小尝试。勿要将它留给你们的子辈或孙辈，以血脉流传，让这痛苦继续蔓延。也许他们会成为下一个坐在囚室里讲故事的人。

下午三点，我将恼人的敏感压在枕头下，进行了一场残忍的谋杀。这仅仅是众多敏感之中的其中一位。它们大发慈悲地寄生在我身上，呈现出气态的曼妙。我只能根据它们产生的具体时间或是一种抽象的重量，将它们进行分类。我无法向你们揭示它们的深层联系，因为我无法给出一个明确的物理描述。想要杀死敏感，我要先将它们具体化，我会进行自我催眠，对自己说“你杀死它了”。然后催生出一些应有的愧疚感，就大功告成了。杀死敏感后，我发现自己的手指耀眼洁白，指腹接替了胃的工作，正在传出阵阵饥痛，逼迫我发动摄食行为。我的指缝间湿漉漉的，像被小狗舔过一样。我有预感，这是一切将发生逆转的一个信号。我用力收拢手指——朋友们，请集中注意力，专心听我讲，接下来我要说的话都是真实发生的。若你觉得自己的清澈得之不易，便请你合上书，烧毁它，因为你会因此不幸地再次坠入黑暗。

我用力收拢手指，我的手指像浸了水的毛巾一样挤出了水。一股细细的水流顺着我的手臂滑下去，令我打了一个冷战。这似乎是一种铁锈斑斑的新生，我为这新生感到痛悸。我的故乡在干旱炎热的西部，这干旱的命运如铅一般沉重，但我对它的依赖已经无法启齿，我比任何一位诗人都忠诚于它。我甚至不会因为被这古老的命运不断地杀死而感到愤怒。而此时，当湿漉漉的命运流淌于我的指尖之时，我心中的恐惧重重挂起，感知到命运的平衡已经支离破碎，并不由得惊叹有限的个人之命运的无限性。这种事情一定不是第一次发生，但这却是我第一次发现。自古以来，除了女人的嘶吼声和地心引力，没有任何东西能拉住我，我是公认的自由主义者。但此时此刻，我被一种钻石般亮眼的恐惧紧紧揪住了，无法挣脱。我正是在这种近乎耀眼的恐惧里注意到我的狱友的。

他有着类似母亲的骨架，尚未迎来初潮的少女的血肉，和妓女极具破坏力的一声不吭的皮肤。他的毛发像一池沤物，呼吸声是蓝色喜鹊的长鸣。他盘腿坐在距离桌子不远的单人床上，修理他的书本。他的书本是用砖、钢材、木制品和混凝土制成的。他的唾液黏性极大，修理书本时他从不需要胶水或钉子，只需要将唾液涂抹在书本需要修复的地方。这种唾液曾一度令狱医怀疑他患有慢性咽喉炎，但实际上是因为他脱水太快造成的。这当然不是我恐惧的地方。令我感到恐惧的是——他全身都被汗湿透了！

不敢相信——朋友们，我不敢相信。他全身都被汗湿透了！我指缝间的水，我湿漉漉的命运就来源于他，我们两人的命运被一种春汛般的力量串联在一起了，它在督促我们享受最后的共乐。你们可能会说我是个疯子，你们会认为流汗是一件很平常的事。婴儿会流汗，老人会流汗，女人会流汗，男人也会流汗……谁都会流汗。但是朋友们，囚室里的温度是专门为书本设定的18℃（显然狱长固执地认为我们是两本写满局促欲望的书）。现在，他只是在冰冷中安静地修理他的书本，但他的每个毛孔都像一个水龙头一样激烈地喷射出汗液，皮肤夹层中飞溅出冬季的麻雀那般肥大的汗珠。在他的周围弥漫着一股水雾，天花板、墙壁、床铺、地板都湿透了，到处都是湿漉漉的。他像个火炉，体内疯狂地产生出巨大的吞噬一切的热量，这些高温液体，通过他遍布全身的汗腺排出，巨量的汗液以蒸发的形式再次消失。他看起来干净极了，汗水会冲刷他的污垢，洗净他膝盖上臭烘烘的棱角，溺死皮肤里的疥螨和额头中央褪了色的种子。

他当然也注意到了我，招手让我过去。由于直视了恐惧和怪异，我的眼睛已经变得脆弱，我仿佛患了麦粒肿，感到热和痛感。出于一种对未知事物的敬畏心或是服从欲望，我听从了他的命令，以一种臣服的姿态将自己带到他细如竹签的双腿之间，整颗心都在噼里啪啦作响。我跪坐在了汗液中，裤子和衣摆都被浸湿了，我被腾腾热气淹没。

他大腿和双股间的热气煨热了我的肩膀和手臂。朋友们，胜利的汗水是酒水般的醇香。美人的汗液是花汁，芳香诱人，惹人怜爱。疾病之汗水又酸又臭，里面翻滚着金黄色葡萄球菌和小肠耶尔森菌。而他大量的像泉水一样源源不断的汗水竟然是美人指味的，这味道极其隐秘，以至于我起先根本没有察觉到。酸甜神秘的美人指混合着他身上甜象草和香喷喷的炭火味道，让我归于自然，仿佛亲历神迹。

“我刚刚才发现你。”我说。

“是的，我也刚刚发现你。”他像是在呼唤自己走远的孩子，脸上的痛苦在燃烧，无法抑制的滚辣人欲使这张脸泛出油腻的光泽。他像一只疲惫的蜘蛛，纠缠在自己的网里，他自己创造的一切成为了他自己的旧疾。他的体内正在发生一场内战。我湿漉漉的狱友看起来像一块儿在蛤蟆汤里泡软的馒头，或是一株在死水塘里泡涨的死亡甜象草。他已达到了最高的温度，他的热气顺着墙壁攀爬，聚集在天花板，又从天花板向整个囚房扩散。高温潮湿使我大汗淋漓，心悸目眩。我逐渐感到无法被忽视的腹痛和乏力，疼痛感接踵而至。囚室里只有我们两个人，却不知为何正呈现出一派不同寻常的欢腾景象——仿佛拥有着同样之不幸命运的不同民族的人们聚集在此，冷漠地看着彼此离析分崩，冷静地分析着彼此痛苦的根源，然后热情地欢呼："今天是个下地狱的好日子！"

我趁着自己还未因脱水而抽筋，撩起了他的囚服，将鼻子扎进他的肚脐眼——一股收缩老化的醋酸纤维胶片刺鼻难闻的酸味，和令我倍感意外的危在旦夕的芝麻香，直冲我的鼻孔。我认为想要真正地了解一个人，首先要弄明白他的肚脐眼里传出了什么味道——因为肚脐眼是肠的末端，人的罪恶最后都会在肠的末端日积月累形成独有的臭味。但这里同时也是人类第一次获得营养物质和氧气的地点，它不可避免地会传出母爱的神圣气味。但我没有闻到，他的肚脐眼里没有母爱的气味。我简直被好奇心折磨得憔悴不安了。我真是个可怜人——可怜人最后都是被不安和好奇牵引着走向虚无的。可怜人沉默如铁，无声地向自己的祖先询问："我们为何要停留于此？"可怜人索然无味的黄金人生，比一块干海绵还要难以下咽。

我们并没有交换姓名，而是交换了另外一种可以代表我们自身的符号。他在我的手掌上用唾液画了一个圆圈。我则为他画了一个三角形。

“湿漉漉的圆形，”我这么叫他，“你为什么会入狱？”

“先说说你吧，可怜的三角形。”他的鼻孔中流出热腾腾的金色的血，整张脸都肿胀了，脸上的皮肤甚至挣脱了自己的颜色，变成了仿佛裹在一张旧报纸中的肉紫色，“我在燃烧，可怜的三角形，我在蒸发。我想先听听你的故事，免得我讲完后，就再也没有机会听了。”

于是我开始讲述。

我出生在朝格仓，它在内蒙古的西部。那里盛产金鱼。

我知道你想听的是我为什么会入狱，但我必须先讲讲我故乡的特产。干旱的朝格仓，却有着无数的金鱼卵。它们在沙子里孵化，在沙子里长大，连带着沙子一起被卖掉。所有的一切都在无形原则的支配之下。其他地方的金鱼都是从鲫鱼中选择最好看的变异种，留下来育种，繁育下一代，如此循环。也就是说，他们的金鱼来自生病的鲫鱼。朝格仓的金鱼可不是那样，朝格仓的金鱼更加健康。它们是从“吻驴的毒唇”之中产出的。

朝格仓有头以熟透了的猪的肥肉为食的毛驴，它体质结实，四肢干燥，臀大尻斜。毛驴足足有两米多高，从未感染过马属动物的传染性贫血病，健康又活泼。我们让朝格仓最美丽动人的处女亲吻它的驴鞭，这种近距离接触过驴鞭的嘴唇便是“吻驴的毒唇”。

从此，少女们便不再是少女了。她们成为了安装着“吻驴的毒唇”这个器官的肉柱子。

在她们成为“吻驴的毒唇”的第二天，朝格仓年龄最大的母亲会用小铁棒敲打她们的脚背，询问：“你们昨晚梦到自己在雨中用小铁棒敲打老鼠尾巴了吗？”

如果回答是“没有”，那么她便有资格成为金鱼妈妈。如果回答是“是的”，可怜的少女就会被更粗更大的铁棒打死。

少女们在拥有“吻驴的毒唇”后，三日内严禁食用任何食物，因为这很可能会令她们产出胎儿一样大的金鱼。少女们可以少量服用白开水，但极忌讳饮用生水，因为里面的大肠埃希菌和隐孢子虫会杀死脆弱的金鱼卵。她们只需端坐在太阳下，捧着黄色的热带水果（传说这样做会令金鱼的颜色更漂亮），过了三天就会呕出金鱼卵。我们的玉顶十二红、乌云盖雪和寿星头最为出名，漂亮得像是用玉石雕刻出来的。而且它们不挑食，你甚至可以用脚上的厚皮或是冰块儿喂养它们。

现在我要开始讲我为什么会入狱了。

我之所以入狱，大部分原因来自一位来朝格仓做买卖的北方商人的年迈妻子。我当时在朝格仓一家金鱼厂做打扫鱼沙的工作。我终日戴着三角形的帽子，因为敏感的特性受了不少委屈，却也总是因此得到年长女性的宠爱。

当北方商人和我的老板交谈时，他的妻子绕着鱼池走动。她戴着印花布的头巾，忘了抹口红，嘴唇上依旧残留着昨日蓝色口红的端庄。这种“遗忘”是那么的隐秘且迷人，这种只属于年迈女性的私密的“遗忘”，令我产生了性欲。神奇的是，这是女性的性欲，一种从身体四周集中到生殖器的欲望。我第一次感觉到这神奇的欲望，从四周蔓延到内部。就像中学时老师教我们木质茎结构，他会先说树皮和形成层，然后说木质部，最后说髓。这种神奇的欲望——把欲望慢慢分离成欲和望。它们突然被分开了，以至于我像一个丢了鞋子的人一样迷茫，甚至开始编织安慰自己的话语。这位夫人穿了一件石榴色的长裙，长长的裙摆限制了她的脚步，减缓了她的速度。她一脸肃穆，像个充满智慧的老人。当她那位对金钱有着发达的责任感的丈夫开始在言语间掺杂愚蠢时，她也毫不在意，只对人世间偶尔呈现出的混乱和愚昧一笑而过。她以磁石般的魔力吸引了我。冰冷冷的美人儿，哪怕丈夫死在她面前，她也不会赏赐一滴泪的。她神奇地烘托出了一种“无敏感”环境，令我倍感舒适。定有很多人喜欢她，也定有很多人因此陷入了孤独。仿佛是那些遥遥望着她的痴情男人的孤独成就了她。

有一天，她突然靠近我，翘起小拇指，用其余的四指捏了捏我黝黑肮脏的脸。她有着石榴色的三角形的指甲，像五只红腹灰雀。她的脸冷酷地绷着，她棱角分明的小嘴，看起来竟有一股子严厉。她抿直嘴巴时像在训你。湿漉漉的圆形，相信可怜的我所说的话——她是那么的美，她有着让病人纷纷醒来的魔力，有使欲火不再熄灭的神力，她是美之根基与信仰源泉。她让我的膝盖弯曲，她让我恨不得怀孕生子。是的，就是她，这位拥有着七个孩子的女人——她令我孤零零，令我大崩溃。

那晚，一切敏感消失殆尽。我们愉快地欢爱，在三角形的沙堆旁。她的每一次喘息，都是一次被拖得长长的对我的爱的呼吁。她大声嘶吼，仿佛吼出了我的本质。

事后，我向她求婚。我希望她离开那个愚蠢的男人。

占有的欲望从未如此强大地占据着我。

“我可以给你玫瑰花。”我说。

“我有所有颜色的玫瑰花，种在三角形的院子里，狗从中跑过去，会变成彩色的狗。”

“我可以给你我的忠诚。”

“我已经有了好几条狗，它们比你忠诚，还是彩色的。”

“我可以给你我的一切。”

“你软弱又淡薄，你只会在我的骨头上新添伤疤。”

“我可以为你变成吻驴的毒唇。”

“希望如此，小家伙。”她毫不在意，只一如既往地对人世间偶尔呈现出的混乱和愚昧一笑而过。

世事无常，兴尽悲来。湿漉漉的圆形，我要告诉你，我的噩梦开始了。

为了取悦她，我跪在吃肥肉的驴的肚皮下，亲吻它的驴鞭。它臭得惊人，三角形的睾丸发出粪便、熟透了的猪肉和三酸甘油酯的恶臭，我只亲吻了两秒钟不到，就躺倒在地上疯狂地呕吐。在这之前，人们一直认为只有处女才可以呕出金鱼卵，还需要做正确的梦，需要绝食，需要太阳，需要黄黄的热带水果。但事实证明，这些都是可有可无的。

我在成为“吻驴的毒唇”后，为避免不幸发生——将自己关在阴暗的地下室里。我没日没夜地在下着暴雨的梦中痛殴老鼠。我暴饮暴食，大口喝不净水，拒绝一切黄色的水果。但根本没用，我无时无刻不在腹泻，长了满口蛀牙。我的背上开始生出坚硬的污褐色的乳头瘤，我总是在清醒时发现瘤上粘满了蛋黄色的滚烫蜗牛。最后我依旧呕出了三角形的粉色金鱼卵。它们栩栩如生，仿佛下一秒就会从里面钻出金鱼。我从未像那时那样渴望着新生，渴望新生将我安置在只有金鱼才会产下金鱼的土地上。是的，不和谐的一切将我折磨成三角形。我并没有说“现在轮到我来创造历史了”之类的蠢话。我——异常冷静的自由主义者兼感叹着世间无常的可怜人儿团队中最年轻的一员，下了狠心，用手指在卵上滑动并轻快地将其穿透。但谁知，它们发出的阵阵痛苦反光敲响了地下室的门！一位与我干同样工作的戴着三角形帽子的男人显然刚刚路过此地，好奇心驱使他用钥匙打开了地下室的小铁门，他惊讶地盯着我，不知道他是出于嫉妒还是别的什么原因，总之他诬蔑了我。

“这个人偷了老板的鱼卵，还捅烂了它们!”

偷窃和伤害金鱼卵是朝格仓仅次于纵火的大罪。我被关进了这里，而那位忘记涂抹口红的夫人早在我成为“吻驴的毒唇”前就离开了。

“没有什么是一成不变的。”听完我的故事，湿漉漉的圆形说，“我来告诉你我为什么会入狱。”

我出生在布勒根努古日，它在内蒙古的西部。那里盛产蚂蚁和胖子。

我知道你想听的是我为什么会入狱，但我必须先讲讲我故乡的特产。布勒根努古日有狗一样大的蚂蚁和像水一样流动的胖子。

可怜的三角形，你一定感到惊奇。蚂蚁怎么会有狗那般大，胖子又怎会像水一样流动呢？但事实如此。首先，我想声明——这里提到的“狗”足足有115公斤的英国獒犬那般大。而“像水一样流动的胖子”并不是指数量庞大，活动起来像水一样，如果是那样，我会这样说——“像水一样流动的胖子们”。这里的“流动”指的是胖子本身在流动。是的，布勒根努古日的胖子是液态的，他们全身都是由流动的肉构成的。我曾经是这些胖子中的一员。我们住在埋进地里的像杯子一样的房子里，没有屋顶，只在地面处开了一个圆形的“窗户”。食物会从“窗户”里源源不断地掉下来。可怜的三角形，你一定猜到了，不过请你暂时压制自己的厌恶与恐惧。我们的食物就是这些115公斤的圆形蚂蚁。

自打我出生，就和母亲躺在一个杯子里。我还未开始呼吸，就已经张开了血盆大口，怠惰地躺在那里，期待着蚂蚁落下来。我甚至懒得咀嚼，而是直接将它们吞进去，也许那些在胃酸中存活下来的拥有英雄气概的蚂蚁们正在忙着建造新的宫殿。而我的母亲则死死闭上了嘴。她有一双气咻咻的大眼睛，深陷在肉里。随着时间的推移，她越来越瘦，直到再也没有肉可以包裹她的眼球，气咻咻的眼珠消了气，像烂透的荔枝一样从肉里滚了出来。我却不断地变得庞大，挤压着我的母亲，就像她曾经挤压着她的母亲。我甚至不知道我的母亲到底是被我压死的还是饿死的。

可怜的三角形，人格是人性提升到人格性的中介。但我却连最基本的人性都丧失了，更别提人格或是人格性了。我毫无尊严，只躺在那里张大着嘴，屁股下垫着母亲的尸体，等待蚂蚁落下来。我不渴望认识世界，不渴望建立任何科学知识体系。我仅存的欲望就是变得更胖，使我自己从杯中溢出。我当然不是为了逃离杯子房子，我只是渴望倒立着将下身送出去，使我的阴茎可以像溪流一样流进隔壁的杯子，使里面的母亲或是女儿们怀孕。

现在我要开始讲我为什么会入狱了。

我之所以入狱，大部分原因来自我的哥哥。

布勒根努古日的居民们并不都是胖子。我的哥哥，一出生就显出了伟人的特性。他的躯干上长满了液态胖子没有的枝枝桠桠——他长出了四肢，甚至长出了可以劳作的小翅膀一样的手指头！他扯断了脐带，以一种超乎寻常的毅力爬出了杯子，开始以己之力求索人生之路。他在布勒根努古日开了一家食品厂，这家食品厂全称为——诺甘纳布其芝麻食品有限公司。它位于布勒根努古日一个极其偏僻的工业园内，是当地唯一一家芝麻食品出口备案企业。他仍旧在坚持传统石磨工序，努力最大限度地保留芝麻中的原始营养成分，单是这点就得到了国内外客户的一致赞誉。但我们都清楚，布勒根努古日非常干旱寒冷，芝麻种子在布勒根努古日就是一个小铅球，根本不会发芽结果。我的哥哥，从来没有购买过任何的芝麻，那么这些芝麻油又是怎么来的呢?

他突然停下了，鼻子里淌出的金色血液被汗水冲刷着，颜色淡得像是蛋清。他的温度持续升高，跪坐在他腿间的我被他的蒸汽和汗液烫伤，身上开始冒出水泡，传来甜滋滋的痛痒。我被内心深处的好奇心折磨，盯着他脸上的流动数据，这些数据迷失复又折返，我太过投入，痛觉尽失。我们竟忍受着同样的烦恼与愤怒的折磨:“湿漉漉的圆形，快告诉我，芝麻油是怎么来的?”

“布勒根努古日的蚂蚁是芝麻味的。”

“他用蚂蚁榨油?”

“准确地说，蚂蚁腿是芝麻味的。蚂蚁的腹部尝起来像未熟透的美人指。”他捏起手指，做了一个向嘴巴里抛物的动作，因为这个动作，他腋下的汗液像一盆沸水“哗啦——”一声泼到我脸上，我猛地向后退，眼前开始模糊。我怀疑我的眼睫毛被沸水溶化了，淌进了眼里，或是眼球本身就溶化了。但我依旧感觉不到疼痛，焦急地用手掌抹下了这些高温液体，再次向他凑了过去。

“所以一整只蚂蚁尝起来就是——葡萄汁里撒了芝麻粉，甜里带醇。”他缓慢地说着，友好地替我擦脸，却造成了我烫伤的扩散。

“他用蚂蚁腿榨油?”我惊讶地说,“他是个疯子。他要蚂蚁腿做什么?除了蚂蚁,没有任何生物需要蚂蚁腿!”

“芝麻……”

“没有人会买黑色的蚂蚁腿芝麻油的!我敢保证,榨出来的油都是黑色的。蚂蚁腿怎么可能榨出油?蚂蚁不是油料作物!”我拼命喘气,“没有人会吃这种油的,他这是欺诈!”

“他没有耐心把蚂蚁腿扭下来,”湿漉漉的圆形说,“但我的哥哥有耐心把吃着蚂蚁长大的人从杯子里拉出来。”

“他们是液体的,体形庞大,一个液态胖子可以抵近百只蚂蚁。我的哥哥把他们拉出杯子,塞进圆形的蒸笼里,在上面垫一层甜象草,然后大火烹蒸,令他们熟透。然后他把熟透的胖子们放进圆形的石磨里榨出带有美人指味的芝麻油,”他说,“这种芝麻油叫‘快乐朋友果味芝麻油’(Happy Friends Fruity Sesame Oil),装在圆形的玻璃杯里,系着红色的丝带,销量好得惊人。”

“我本来有……十吨重,或是八吨重,现在我轻得像个营养不良的十五岁芭蕾舞演员,我被哥哥夺取了不少的脂肪。逃出来后，是的，我逃出来了。可怜的三角形，我也因为偷窃入狱。我逃出来时，浑身上下流淌着快乐朋友果味芝麻油。他们污蔑我偷窃，用毛孔偷窃了昂贵的Happy Friends。我的哥哥为了避免事情败露，默认了这件事。现在我在这里，我只是被关进了囚室里，而不是系着红丝带的圆形玻璃瓶里。可悲的是，直到现在，我都仿佛身处那个圆形的蒸笼里。我感到滚烫……我每分每秒都感到滚烫。”他缓慢地揉搓头发，显出万分的哀痛来，“我永远无法脱离‘肉’的属性，永远无法站起来。每次我醒来，都会发现自己依旧在原地哭着踏步，滞留在那些痛苦的圆形上。”

“这或许并不是我们真正想要的结局，但一切都是我们开的头。”他说。

我浸泡在他的汗水里，无比真实地感到他的痛苦。他突然握住我的手，我们掌心里的圆形和三角形被高温融为一体，变成一团模糊的图形，又逐渐消失了。湿漉漉的圆形好像意识到了什么：“嘿，它不见了！”他发出蛾虫般的呼吸声，像是怕把什么东西吓跑了一样。

“我的故乡并不是死去的，”他突然抬起头说，“那里还有生机勃勃的蚂蚁。”

“我的生命荫蔽在它们腹下。”

我的狱友，似乎离开我了。他仿佛置身局外而且微笑满面。这使我不安，令我恨不得号哭。他满意地打了一个嗝，精神显得十分饱满。他缓慢地抚摸着自己被泡皱的皮肤，指肚发出小小的惊呼，仿佛在为他的变化而感到吃惊。他将全部的重量都放下了，轻得好似可以同那伟大的圆球一起转动了。

他给了我足够多的时间来回忆惊魂未定的过去。在此期间，湿漉漉的圆形一直在沸腾，他淌着汗水的脖颈上抽搐的疾苦弧度里，仍保留着圆口杯和圆形蒸笼的回忆。或许母亲带着一丝艰辛的微笑可以在瞬间解救他——在没有母亲体味的艰难地持续着的高温里，床板被接连不断的巨大力量撼动，咯吱咯吱地响着，仿佛在接二连三地呼唤着他的乳名。他圆圆的肩头泛起两轮浅水绿的光圈，这光圈涌动着，蔓延着，在他的脚踝处流连忘返。他专注地盯着我，却因目力所及皆变幻无常而在瞳孔中遗忘了我——或许被遗忘的不只是我。我跪坐的身影只在里面停留了一刹那，那颗棕色的眼球就泛起了欢欣的光芒，被沉重柔软的奶棕色天鹅绒窗帘遮盖。他向后缓缓倒去，这个过程极其缓慢，像孩子们持续了整整三日的美梦。他是否渴望着让落在后面的我赶上来？最后他倾斜着消失了，在空气中化为了一团纯洁快乐的气体，像鱼一样游出囚室，任凭风去荡漾，只在湿透的床单上留下了人类形状的黑色污渍。

那片污渍逐渐皱缩，变成一个小小的斑点。我轻轻吹了一口气，它就向四面八方散去了。我突然听到囚室外群星震耳欲聋的啼叫，便向窗外看去——原来已经到了夜晚，星星们在啼叫了一声后便熄灭了，快得像蜥蜴的眼睑。它们从不嘈杂地细叙，追忆遥远的过去，气息却永在这里停留，穿透了沉重的夜。这简直是对我生命的一次短促的提醒，唤醒我即将隐隐不见的生命。但我身体内部的每一处疼痛当中，都有问号跳跃而出。我陷入了沉默，可我的沉默中永无沉默——在我封闭的血管中，填满了沉甸甸的疑问。

我躺在原地，躺了整整三天。饥肠辘辘的嘴巴在安宁中翻腾，嘲笑我微弱的容量。我突然意识到，没有人会伴我一起旅行。我如一颗卵石般，被远远地投入黑暗与寂静中，只有星星的啼叫围绕着我。我就像那盛夏未开的花，严冬未落的雪，一切都寻不到意义。

于是我重新开始越狱。

我搬开自己的床，显出下面挖了一半的地道。囚室下有一层厚厚的、又冷又硬的泥土。每当我用小刮刀轻轻抠挖它时，它就开始用丰富的语言唱出忽高忽低的美妙歌声，令我不得不从枕头里捏出两块棉花塞住耳朵。如今囚室里所有的棉花都湿透了，我硬着头皮，敞着耳朵，再次拿起工具继续自己的工作。囚室下的泥土僵冷了，却依旧以一种扼杀不了的生机唱着歌儿。我下定决心不再漠视它们，将自己展示给它们看。我丢弃了小刮刀，用手指去挖那些唱着歌儿的土。我的手指被冻僵了，指甲里又痒又疼。让我出去吧！我不断地恳求它们，让我悄悄地溜出去吧！让我逃出囚室，去看看明天的太阳。泥土挤作一团，无声地阻止我。它们磨破了我的手掌，我无法再继续挖下去了。我像我的狱友那样看着自己的掌心，除了凉凉的泥土，温热的血，什么都没有了——上面的三角形已经不见踪影了。

“嘿，它不见了！”

我用力拍了拍掌上的泥土，在衣服上蹭着自己的血污。三角形不见了，它不见了！我像个上了年纪的收音机一样自言自语。我恍然大悟。万物均改变，明天真的会来临吗，太阳真的还会再次升起吗？我一直在追求永恒，可世上哪里有什么永恒——我逃出去了又如何呢，无非是从一个坚固的囚室逃到了另一个更为坚固的囚室里罢了。

朋友们，我过于纤细柔软了——单薄的植物，连蜜蜂都不会注意到的。我已品尝了抛弃生命的恶意，感受了尖叫过后的空荡，可这些都留下了什么呢？除了秘密全部泄漏了外，我依旧一无所有。于是我当即决定——与其在囚室里无能为力地逃脱，不如在泥土里自由地翻滚。我脱掉湿淋淋的衣服，赤身躺进了地道里，仿佛钻进了大地泥质的子宫。泥土的纹理和香气清晰可辨。可我该如何描述这过程呢？我的每个角落里都被装满了泥土，陷入了一种修复状态中。我赤裸的身体是否得到了泥土的喜爱？自我皮肤的褶皱里，热烈的花儿开始舒展身体了。我甚至开始学习哼唱它们的歌儿了。下一位来到囚室的人，会不会听到我留在泥土中的歌声呢？不管是否有人倾听，我都会与它们齐唱，唱给将在未来的某一天里缺席的人们。这宇宙间有什么不是相互依存着的呢？我的歌声定会在他们心头荡起涟漪。

十点十分，星星们照常发出啼叫。黑洞洞的窗户的那头，谁还能再发出这般令人清醒的、精致的啼叫呢？它们无私地指引着我，仁慈地款待着我的生命。我无比地感激它们，并决定将自己托付给它们。我们会融为一体吗？我从未像现在这样平静。我预感到自己灵活的精神已从瓶子里释放出来，我牢不可破的肉体也已经下定决心不再追随我。所有的苦难都变得松缓，我挣脱了古老的抗拒和欲望。

囚室里马蹄声响个不停。我看见三匹闪着磷光的巨型乌珠穆沁马中最小的那匹名叫胡斯乐的母马，滞重地在囚室里移动着，留下琥珀色的、慈母般的水印。我赤裸的，长满了发出悠长嗞嗞声的花儿的肉体，是否迷醉了它腹中的小马驹？它是否认为我是迟来的花朵？它走过来低头看我，一个马的微笑落入我的胸膛，胡斯乐似乎并不打算把它拾起，甚至仁慈地放了一个马蹄在我的额头——这是最好的礼物了。是因为泥土太冰冷了吗？或是因为我太冰冷了？胡斯乐的毛全部冻得竖起来，变成了一只刺猬。我仰躺在泥土中，摸着它大理石般又重又冰的马蹄，缓缓合上了眼睛。

我最终迎来了我的终点——我被它拆吃入腹了。

三丹姐姐的羽毛

“扎那，你姐姐病了，她似乎开始长羽毛。你妹妹让我将这个盒子转交给你。”大音坐在扎那的对面，轻声安慰他。他昨天因胡椒树的事情去了一趟扎那的老家。

“我会的。”扎那慢慢腾腾地说。他打开了盒子，里面有一根甜香四溢的羽毛和几个为了防止虫蛀而放置的樟脑丸。羽毛像是一张照相用的相纸或是一副金丝边夹鼻眼镜，轮廓分明、熠熠闪亮。它的羽轴里充满严肃想法，羽片仿佛春意微醉，嗡嗡直鸣，是水银和光亮剂的颜色。生长在正羽下方的绒羽清新干净，整齐划一，像石棉管道。羽毛非常甜，哪怕盒子紧闭，也可以闻到它散发的味道。

“大音，你见到三丹姐姐了吗？”

“没有，我只见到了你全部的妹妹。”

“妹妹们还说了些什么吗?”

“这……这我不记得了。等等……这羽毛是什么来着?”大音挠了挠头，眯着眼看盒子里的甜羽毛。他因为脑动脉硬化，记忆力在逐年衰退。记不住东西，忘得也快。

“三丹姐姐会取回自己的羽毛吗?”扎那打断他，焦急地问。

“当然，你了解她的。她只是被它吓坏了，过一阵子，她就会思念它——毕竟是自己的第一根羽毛。她会来找你，然后拿回自己的羽……”大音无法继续说下去了，因为扎那红着脸哭泣，发出小孩子的抽泣声，仿佛受了什么甜蜜的侮辱。他羞怯的面庞上浮现着一种朦胧的不安。

“你不开心吗?”大音困惑地问他。

当然不！可怜的扎那高兴坏了！

三丹姐姐有着凶猛的家庭感情，总是将自己的十四个妹妹保护起来，不至落入镇上好色男士们的闲散不敬。但对自己的弟弟则毫不在乎，对她来说，弟弟就是枯枝里的小鸟，印在走廊上的一片影子。她亲吻妹妹们的脖子、肚子、脸蛋甚至脚掌，但她不会亲吻弟弟，她说弟弟的触感好似粗糙的蕨类，会刮破自己的嘴唇。

小时候的扎那，是个矮小的、难闻的、短柄锡勺一样的男孩，有着一张长长的椭圆形的脸和墓碑一样的方嘴唇。扎那因为渴望姐姐的疼爱，总是低声下气地跟在姐姐的身后。他要求的是三丹姐姐专注式的、温柔的凝望，然而高个子的三丹姐姐对他的忽视甚至露骨得不值得去讨论。他痴迷而孜孜不倦地观察并解读着姐姐的每一个眼神和动作，哪怕三丹姐姐沉在水底伪装成落叶，扎那也一定是第一个找到她的人。

因为总是欺负妹妹，扎那在二十九岁那年被姐姐赶出了家门。那时父母已经去世，她成为了一家之主。聪明过人的三丹姐姐以一种最直接的方式投身于工作中，她的博学与洞见震惊众人，他们甚至开始决定为她写一本传记。这位决定家族命运的女人站在门前，抱着自己最小的妹妹，注视着即将离开的弟弟。

她只说了一句话：“你想掌控局面，先把节奏缓下来。”

扎那无法拒绝，虽说他在听到三丹姐姐的决定的那一刹那，露出了一种奸诈且不顾后果的表情，但那只不过是一种可怜的虚张声势，最后他闷声离开了。

离家后的扎那凭借自己长达二十九年的杰出失败经验，

经营起了一家牙医诊所。它被建在一个被人们称为“诚实乡”的小镇里。这里只有六百七十位居民，全部似小鸢尾那般诚实，一句谎话也不会说。不过，这并不是扎那将牙医诊所建在“诚实乡”的目的。他之所以选择这里，是因为“诚实乡”的大人们贪恋着甜蜜的菲律宾香蕉和撒了糖的黄油果条，孩子们舔着焦糖做的手指——全部吃坏了牙齿。他们的牙齿布满孔洞，可以让风自由地通过。扎那每日的工作就是用浅棕色的碘伏消毒蛀牙，再用纠缠的铜丝填补那些蛀牙上的孔洞。这是一项投入少而收入多的工作。

此时，手捧盒子的扎那感到喜悦，是因为三丹姐姐要来看他了。他感到不安，是因为这根甜丝丝的羽毛有很大的可能性会被居民们吃掉。扎那思念姐姐的痛苦心情，已经精致考究得无法被他自己所忍受。大音不了解扎那，所以才会觉得他那要哭不哭的表情很奇怪。

扎那在大音走后，开始动脑筋思考：该如何保护三丹姐姐的羽毛呢？这片羽毛万万不能落入居民们的手掌心。最后，他将盒子放在靠窗的书桌上，并在盒子上贴上了一张纸，纸上写着“不要碰三丹姐姐的羽毛”。扎那安心了，因为他知道，诚实的居民们绝不会偷吃羽毛。他们百分百不会违背纸条上的命令。

托举着盒子的是常见的查干呼牌小书桌，矮小坚硬。上面有一个绿色的铁罐，盛放着防晒品。桌子上还有扎那的日记本，洁白的封面和糟糕的内容，令这本日记看起来就像一只停在桌子上的巨大的白色苍蝇，里面是孤独的巢穴，写满了他的信仰——三丹姐姐。人们不能从放在桌子上的扎那破旧的台灯身上，寻出一点神经衰弱的预兆，它被摆在那里，好像黑色的母牛一样沉静。桌角处的黑蓝色的盘子里盛着几块奶豆腐，它们在水和空气中生了霉菌，发出如纱似雾的浅绿色的光芒吸引昆虫。桌上繁杂的物品再也无法吸引扎那的视线。他被装着羽毛的盒子俘虏了。扎那注视着盒子，满面笑容。可笑着笑着，他就悲伤地意识到，自己的喜悦几乎全部来自于三丹姐姐。他无法自创快乐。扎那消极地认为世上跑得最快的东西是奔向自己的苦难。他与三丹姐姐截然不同。三丹姐姐乐观开朗，富有责任心，在现实和幻想中自由行走。她仿佛拥有着蛙类动物的天然力量，它们能够同时在陆地和水中生活，面面俱圆。

他用手撑着桌子，使了好大劲儿嘎吱嘎吱地推开锈住了的铁质窗户。它非常粗糙，油漆已经斑驳了。窗外的气味扑鼻而来，扎那觉得打开窗户就是在折腾自己的呼吸。他该如何用不连续的呼吸去体会连续的大自然呢？向窗外远眺，可以看见通向这里的小径两旁，庄严肃穆的泓森槐绵延不断。这些高大挺拔的树木，虽说是同一品种，却因生长着婀娜多姿的厚叶而拥有了不同的身份。野猪皮酒囊一样的大鸟徘徊在林间，樱桃色的马群从林中走过，马蹄声凌乱，抓伤了牧马人的肩胛。树被桃红颈天牛的钳子剥下了树皮，全身赤裸，却并不羞于展示性感。所有溢出的生命都开始变稠，预示着一个神秘的季节正在悄然成熟。扎那看着窗外的风景，他所见的一切，都在连续或交替地向他传达一个信息——被长辈疼惜的儿童是肥胖的，不费力而人人都爱他。可他哪怕在婴儿时期膨胀到甜瓜大小，也不会有人爱他。扎那捏着自己扁扁的骨头，狭窄的骨头里堆塞着琐碎，令他总是在别人的范围之内——扎那没有自己的范围，没有他可以创造及控制的空间。下一刻他会是什么样子，他是否拥有生命，这些随时间而变，不可预测。

扎那用书本抵住窗户，防止它被风关上。他趴在桌子上，抚摸着藏着羽毛的盒子。扎那遥遥望着窗外的景色，望着每一条通向这里的小路。

第一位被甜味勾引来的居民在星期日的清晨来到。

那天早晨，扎那正在厨房将热腾腾的羊血肠切成均匀的长条，突然听到卧室里响起了奇怪的声音。他疑惑地放下菜刀，推开厨房的门，拉长了脖子向卧室的方向看去。扎那眼睛睁得大大的，心跳怦怦作响。

一人走出卧室，大摇大摆地在餐桌旁坐下来，将随身携带的、被风磨得光溜溜的母鸡放在了桌上。陌生人又瘦又长，头已经抵在了天花板上，他甚至还弯着脖子，一副忧郁的样子。所有生物物种都在经历着缓慢而稳定的变化，这是毋庸置疑的——可这人是怎么回事——他将长久以来的进化公式，变成了一种模糊的联想。“这种人无论如何是不会有什么社交礼貌的。”扎那想。陌生人像灯泡一样高高悬挂的、狭窄的脸上没有放置五官的空间。扎那因为恐惧差点失去了自己的嗅觉。他怎么一点动静都没有？全身都散发着未满足的气息。

“快滚出去！你是个小偷吗？”扎那大喊。

“吃早饭吧。”他说。

“你吃掉三丹姐姐的羽毛了吗？坏蛋！”

“没有。”

扎那松了一口气，他转身回到厨房，将羊血肠盛在盘子里，端上了餐桌。陌生人纸条一样单薄的手搭在桌子上，他尝试着拽了拽，却发现根本拽不开，陌生人好似一匹马被拴在了桩上。扎那又从他的腋下钻过去，用手指捏了捏他带来的母鸡——竟是活着的，发着热气，羽毛上铺满了细不可感的尘土。扎那又回到厨房，端出了炒米、黄油、白糖、奶茶，他把它们放在桌子上，然后在陌生人的对面坐了下来。

母鸡显然没有胃口，像个圆圆的不倒翁一样立在桌子上。它的眼神很耐人寻味，介于冷漠和居心叵测之间，它不知误食了什么东西，脖子凸出了一小块，也许是一个玻璃球。那人慢条斯理地揭开自己下巴上的一条伤疤，用这条打开的伤疤，他吃了一大碗黄油和白糖拌的炒米，喝了一碗泡着奶豆腐的奶茶，又吃了七根羊血肠。

“客人”咔嚓咔嚓嚼个不停。扎那听到他瘦长的身体深处发出邪恶又单调的声音，看到他薄薄的肚皮鼓了起来。

他注目的焦点从未离开过陌生人可怕而多变的身体。他一勺子炒米都吞不下去，痛苦地注视着对面的人。

“需要洗碗吗?”吃完早饭后，陌生人问。扎那难过极了，没有说话。陌生人拍着肚皮，抱着自己的母鸡原路返回。他太长了，从头到脚全部通过窗户需要漫长的时间。扎那收拾好餐具，洗完碗，再出来时他才刚刚把大腿移出窗户，细长的脚向后用力蹬着。“他的水平时好时坏，”扎那想，“现在他应该推门出去。”最后陌生人还是从窗户钻了出去，窗玻璃上沾满他油腻腻的指纹，桌子也被弄脏了。陌生人的无礼、自私和多彩缤纷伤透了扎那的心。可更伤心的还在后面呢，因为扎那发现自己的日记本上也沾上了指纹。爬窗进来的长条先生不仅偷看了扎那的日记，还认认真真地修改了日记里的全部错别字、病句、标点符号和错误的天气。

“他只是想骂我。”扎那想，日记的最后一页，陌生人写了这么一句话——“我鼓励你受苦”。

除此之外，他说扎那是——“新世纪奴仆”、“一份骇人的爱”和“靴子带回的黑黏土”。他甚至在扎那写下的“三丹姐姐浓密的黑头发”旁画了长长的竖线，批注上“过时线条的过剩”，在“我为三丹姐姐买新腰带”旁批注“满是拜物主义的痕迹”……世界上有一种很费力的事情，不是搬弄物体而是搬弄人。现在扎那只能闷声哭泣，咒骂这位有着根深蒂固的偏见的陌生人。他对三丹姐姐的思念被误诊为肮脏的欲望，这简直不可理喻！我们用文字来表达自己的情感，却只会发现自己被文字出卖了——它胡言乱语，不听指挥。

他将日记藏在柜子里，将玻璃和桌面擦干净。扎那抱着盒子望向窗外，因错把一只红蟾蜍当作了三丹姐姐的裙摆而空欢喜了一场。

俗话说得好，“一旦被老鼠看到谷物袋，我们就知道它会回来的”。

又是一个注定不平凡的清晨，恬静的生活也无存留的机会了。扎那被一声巨响惊醒，他大喊着从床上蹦了起来。放在枕头边的，关于消毒牙齿的书本也被巨响弹到了地上。这本书已经一年没有移过位置了，它就像海洋贝壳被焊在岩石上一样稳固，绝不会被移动，如今却被吓得飞了起来，可见那响声被完美地调整到了不可被任何物体忽略的程度。

扎那的心跳得飞快，他慌忙从地上捡起自己的书，发现书背面粘着一只被压死的黑褐色茶翅蝽。

“不是才夏天吗?”他用拉链上的拉头将它挤下去，用拇指擦去粘在书上的黄色体液，重新把书本放在了枕头边。扎那的床，密生鳞毛的三角形夜蛾们已经占据了它。他的枕头上插满夜蛾芳香扑鼻的弯曲的喙。除了扎那，没人能找到隐藏在喙之中的枕头。

响声大概是从厨房传来的——扎那暂时没有勇气去厨房。他站起来，走到桌子旁边，发现盒子上有明显的脚印——它们被印在平凡可见的地方。当它们故意出现在扎那眼前的时候，无论是沾满纸屑的，还是沾满马粪的……都会让人操碎了心。他们为何追随甜味？这世上恐怕没有任何假设可以使这些行为变成人们可理解的，就像黑被单的原材料或是没有名字的水果——人们认为那是杂交的物，对此抱有不理解的态度。

“应该是个孩子，”扎那想，“因为脚印只有我的手掌那么长。”可怕的是，只有进来的脚印，没有出去的脚印。难道是从门那边出去了？还是他还在房子里？扎那擦了擦眼角的泪珠，满腹委屈，颤颤巍巍地顺着脚印摸索到了厨房，推开厨房的门，他发现自己的冰箱被砸烂了。

雪白的冰箱像冰块一样碎成亮晶晶的碎片，柠檬黄的电线直指天花板。原本被冻上的肉趴在地上，全部化了，像红蜗牛爬出了粉碎的白壳。扎那最爱的奶制品上聚集了黑压压的蝇群，发出酸臭味，和黑色胡萝卜混在一起。所有的韭菜都发炎红肿了，手指头摸上去火辣辣的。地板上五颜六色的，到处都是食物的残渣。扎那放在冰箱里的香烟被融化的冰块浸透了，成群结队的悲伤倒映在扎那的肺上。这显然是一位热爱表演的人干的好事，真挚之中包含着诡计，因为他在冰箱的碎片上留下了一条激进的纸条，上面的文字代表了他走向血腥革命的坚定信念，上面写着：

“死娘娘腔，你在盒子里圈养了冬天！”

这片区域究竟是因何等的恶劣天气，才出现了这般偏激的生物——这几乎成为了生物学中亟待破解的一环。搞破坏的孩子是厌倦了漫长的夏季吗？错以为是他监禁了冬天？在这糖果遍地都是的地方，孩子们竟然也会不满足。扎那从小就对鸡零狗碎的事物感到恐惧，他没有将厨房打扫干净，他期待真菌帮助他消灭这一切。扎那请来了盘子里诡计多端的腐败分子们，将它们放在软趴趴的肉上，死死关上了门。

“他们都搞错季节和地点了。”他想。但很快扎那就发现了不妥之处，他进厨房的时候，冰块都要化干净了，显然冰箱被砸坏有一段时间了。可听到巨响的一瞬间扎那就醒了，他听到的响声并不是冰箱被砸坏的声音。还有脚印……“见鬼！”扎那的脸都苍白了，他急忙转身推开门，冲进了厨房，扑到冰箱碎片和食物上，疯狂翻找着。果然，扎那在冰箱压缩机和隔热板下发现了一个穿着黑褐色羽绒服的小男孩，脑袋已经被压烂了。那声音也许是这孩子死前发出的最后的呜咽。扎那不清楚生命是什么，但当它的对立面出现在他眼前时，他立刻就明白何为生命了。

“你吃掉三丹姐姐的羽毛了吗，孩子？”

孩子当然说不了话，他没有脑袋了。扎那没有办法，只能割开他冰凉凉的胃翻看，里面确实没有三丹姐姐的羽毛。男孩紧紧握着手，不知道拿着什么。他的小拳头里不可能藏下一根羽毛的，扎那呼出了一口气。他跑去客厅给医生打电话，但匆忙间他忘记收回自己的菌了，等医生和男孩的父母赶来时，孩子已经被菌吃得干干净净，只剩下了细细的骨头和羽绒服。

扎那因为惊恐愣在原地，而医生和孩子的家人们却已经呆愣完毕，转而开始到处传播他们的发呆方式。

嗜甜的居民源源不断。

当扎那在夜晚醒来，发现身旁躺着一位妙龄女子。她可能刚刚成年，冷静地仰躺着，咀嚼着香脆可口的草莓茎叶。她穿着睡裙，肌肉结实的大腿紧紧贴着。她有时将双手交叉放在胸前，有时将双手握拳放在身体两侧。也许她身上的某种力量的强弱，是取决于她双手的位置或姿势的，而这些位置和姿势不断受到威胁，又不断被复原。少女的发丝正在勇敢地思考人类的极限，每一根都是不同的质感，哪怕拥有着同样质感的头发在某一个三维空间触碰彼此，也不会产生死水一潭的状况，只留下一段长长的间歇。

扎那在诊所里见过她。这位少女的牙齿总是摇摇欲坠，牙齿的主人却坚固无比。她有一位布满了白斑的父亲，隐形的魔力注满他的舌头，唯一的女儿对他的话充耳不闻。她自觉、彻底、美丽，忽视自己的父亲。她就像三丹姐姐疼爱的十四个妹妹中的其中之一。她们拥有着神奇的魔力，从小就可以发出清晰可爱的元音，总是穿厚衣服，娇小如人偶，像个不解之谜。三丹姐姐就像一棵大树，将叶片一样的妹妹们安排妥当，来最小化她们重叠的面积——确保自己的妹妹们接受着同量但不同样的爱。

“你一定是第十五个。”

“您在说什么鬼话?”她的神情看起来平淡极了，嘴巴里却狂热地训斥着自己的猫。

“我真是羡慕你。”扎那毫无睡意，贪婪地盯着她。

“闭嘴吧。”

“可是你为什么要进来呢?”

“谁叫您开着窗户!”少女提高了嗓音。

“三丹姐姐的羽毛得放在通风处，盒子里非常闷。”羽毛这个词由扎那说出来便显得格外的深沉而秘密，仿佛“羽毛”是他生命得以延续的保障。

“您真是个傻子！您应该耐心点儿——好好想一想再做决定。”

“你吃掉三丹姐姐的羽毛了吗?”

“哼，当然没有。”

少女的身上传来密实的香味，嘴巴里的草莓茎叶也只剩下了碎渣，汁水全部被咽下去了。她备受宠爱，无法理解扎那的痛苦和执着。她的可爱会在很久后搅进她的白发和假牙里，是的——这种东西永远都在。

扎那羡慕她，不由得用一种钦佩的目光注视她。她高傲地仰着脖子，双手依旧不断地变换着位置和姿势。现代主义把视觉摆在第一位，压抑了人类的其他功能，比如嗅觉。扎那除了苦涩的草莓茎叶的味道什么也嗅不到，他渴望少女的体香、少女的臭味、少女的一切，因为只有这些才可以吸引三丹姐姐。他靠近她，妄想吸取她身上吸引三丹姐姐的某种味道。殊不知这是一种无礼的表现，而这位少女显然也并没有意识到，自己穿着睡衣躺在陌生男人的床上是一件多么危险的事情——扎那的瘦弱令她放松。总之他们碰在了一起。

皮肤间的碰撞迸出火花——少女的眼球无变动，她鼓起了自己的肚子，好似赌气或泄愤。她绷紧了肌肉，结实的大腿里充满了力量，扎那有那么一瞬间是胆怯的，但他想获得三丹姐姐的宠爱的欲望战胜了一切。

“给我吧。”扎那说。

“给您什么?”

“你的魔力。”

“什么魔力?”

扎那不说话了，他在心中慎重细致地表达了对三丹姐姐的忠诚，这种忠诚的不结束性是它结束的必然条件，但显然不聪明的扎那并没有意识到这点。

扎那认为，他们刚刚只不过是进行了一场甜蜜的哲学对话。

她翻了个身，正对着扎那的脸。她眼皮沉重，目光却犀利。她眼前的扎那几乎浑身赤裸，耳朵里填满夜蛾的喙。他真是难闻极了，细小的五官里挤满了折磨。少女盯着他的脸，沉浸在丑陋的奇迹中。她或许只是想闻一闻羽毛的甜味，顺便换个地方训斥自己的猫。怎知此处的主人是如此的难闻。

少女将嘴里嚼得稀烂的草莓茎叶吐在了他的脸上。

“我在您的诊所见到过您，但是夜晚的您更加可怕，”她说，“好好感受一下为什么这一切会让您如此一无是处吧。”她似乎是在要求扎那进行反思，可是如果反思是为了对最初的向往做出补充，那扎那显然无法进行这项工作——他的向往已经盆满钵满了，无法添加任何东西。“你误会了。”扎那在心里想着。或许扎那是想用这沉默获得一定的自主权，又或许只是太焦虑了说不出话来。

少女听不到扎那的心声，于是从床上跳起来狠狠用膝盖撞扎那的腹部。扎那发出干呕声，几乎在她跳起来的一瞬间就开始落泪了。他尝试着爬起来，但沉甸甸的少女死死压在他身上，少女期待他的痛苦像自然一样赤裸。扎那发出尖叫声，挣扎着滚下了床，少女也被他扯下了床，她发出惊呼声。扎那满脸泪水，翻滚在地板上，滚了一脸泥。她蛮横无理，伸手抓住了他，用自己的骨头打击他的骨头。

他意识到他们必须终止某种怀疑，但浑身蛮力的妙龄少女却因对他口中的“魔力”的疑惑催生出了暴力，她认为此时信仰的气氛良好，她可以积极地开始着手重建任何不和谐的事物。于是她的拳头力大无比，她的双脚沉重如大理石，她的骨头铮铮作响，她创造出了美丽而难以理解的暴力——扎那疼痛难忍，奄奄一息。

这没什么奇怪的，他想，毕竟天鹅翅膀也能折断人的手臂。

“您承认吧，您就是个自私鬼，贪婪的懦夫……女人臀上狼吞虎咽的蜜蜂。”她说着，撑着他的胸膛咬他的鼻子。扎那用力抱住了她，模模糊糊地看见她耳朵里好像塞着什么东西。他想凑近了看，少女挣扎着起身，跑开了。草莓茎叶少女的身后似乎紧随着夜晚，因为当她离去，夏日阳光就轻而易举地刺穿了他晒黑的脚和肉做的泪水，以悠久的耐性将扎那与笑容分开。扎那的悲伤不会因阳光的过失而滋长。他并没有得到他所渴望的魔力，只获得了十四根断掉的骨头。

如果心脏有骨头，他想，那它就是第十五个。

因为断骨头扎那倍感无助，没有人来帮助他。好不容易钻进来了一个医生，问了一下竟然也是个往蛀牙里塞铜丝的。扎那全身都疼，他觉得这些疼痛是不值得的——如果草莓茎叶少女在殴打他后透露了少许魔力的配方，扎那也不至于如此伤心，他一无所获。

此时的无奈逼迫扎那回想起了痛苦的曾经。原本异地而居的扎那和扎那的痛苦相遇了。扎那发现自己无论如何也不能从这场闹剧中先行退出，这些被甜味吸引的人以各种方式、各种形态或形式获得了扎那痛苦的所有权。孢子一样的外来者，在这里生根发芽，长久逗留徘徊，展现出蓬勃的生命力。柯基牧羊犬被育种成为贴近地面的样子，就可以咬落后的牲畜的脚跟。扎那觉得自己矮小的身体一定有着什么特殊的用处，也许大自然也渴望着让他啃咬某一生物的脚跟。但往往是别人来咬他的脚跟，三丹姐姐也因他的矮小看不见他。

“不对，三丹姐姐并不总是看不见我。”扎那突然想起了一件往事。

那是一个冬天。

扎那自认为冬季的自己笑起来很有感染力，于是露出牙齿，与三丹姐姐形影不离。三丹姐姐去河对面的舅舅家借油，因为太冷了，没有妹妹跟着她，这是个大好机会。扎那紧紧跟着自己的姐姐过了桥，借了油，三丹姐姐一直走在前面，仿佛扎那根本不存在。当他们返家时，发现桥坏了，而河水并没有结冰，翻滚着，冒着寒气。三丹姐姐站在河边直直望着河对面的家，她只要喊一下，母亲或是其他长辈就会走出来帮助她了。或者她可以回去找自己的舅舅。但三丹姐姐并没有那么做。

三丹姐姐将油拴在腰间，转身抱起了扎那。三丹姐姐紧紧抱着自己的弟弟，她的手臂横放在扎那的屁股下，另一只手臂用力环住他。她用全身的力气抱住了自己的弟弟，生怕他掉下去。三丹姐姐毫不犹豫地一脚踏进了河里。冰凉的河水漫过她的腰，她紧紧咬着牙齿，绷紧肌肉，将弟弟举起来，让他坐在自己的肩膀上。扎那敏感地感受到了姐姐的孤独，她像是一只离群的羚羊。他不明白姐姐为什么是孤独的，明明所有人都爱着她。

回家时，三丹姐姐全身都湿透了，双手双脚差点冻伤，借来的油也全部洒了。可扎那却完完整整，连裤脚都没湿。扎那至今都不知道三丹姐姐为什么那么做，是他的笑容起作用了吗？三丹姐姐在那个奇异的冬季，抱起自己从未疼爱过的、丑陋难闻的弟弟，蹚着冰冷刺骨的河水回了家——她一路上都在无声地向扎那倾诉着自己的孤独。

这一独特的记忆似乎疑惑大于感动，其中有很多冲突，但它依旧令扎那的心头热乎乎的，深感亲情的美好。尽管苍天大树上的上万条树枝都朝着不同方向延伸，但是它们却彼此相连——所有的疑问必定接连，真相有时并不重要——扎那觉得这个可贵的记忆并不适合一个轻巧的答案，它应该被当作一张珍贵的家庭照片收藏起来。扎那无法预知自己将走向何处，但三丹姐姐永远是向前走的，她是自由的，她英雄般的行动方式令扎那一出生就沉浸于其中。

如果三丹姐姐推门进来，看见自己唯一的弟弟断了骨头躺在地上，她会是什么反应呢？姐姐会像袍子一样亲吻我的额头吗？也许羽毛是个借口，三丹姐姐只是想来看看我。扎那不再盯着窗外看了，不管什么人从窗外钻进来，拿一些东西或是丢弃什么东西，扎那都不在乎了。扎那并没有将居民们带来的骚扰或伤害，投入到宽恕性的遗忘里。他只是厌倦了这群人的“来去游戏”，懒得再同他们建立起作秀一般的关系。他现在只闭上眼，等待三丹姐姐的敲门声响起。

这已经成为了一种信仰，它是如此巨大，引发了它的扎那在它面前却显得无比渺小。

最后进来的是一对兄弟。他们都是聪明能干的人，干净的汗衫上散发着冠小海雀的橘子香味。尤其是弟弟——自始至终，都展现出令人钦佩的道德严肃性和得体的自我牺牲精神。他的耳朵似乎有些毛病，听哥哥说话时总是歪着脑袋。哥哥则显得风流而慷慨，虽说有着衰弱的视力，却可以自信满满地行走在房间里，而不踩到扎那的手指。他们上上下下观察着扎那的房子，兄弟俩喜欢用大量的自觉和线索努力解决问题，他们好奇地看着白盒子，并聪明地发现——屋子里固执的缺失和僵局，以及房子主人的自我毁灭意识，几乎全部来自这个盒子。他们打开盒子研究，窥视着里面，窃窃私语。

“这么多？”

“还剩一半……”

“哎呀，别管了。”

弟弟从扎那的书桌里抽出一张纸，用指肚蘸着桌上脚印里的泥浆在纸上画了一个耳朵和眼睛。他向自己的哥哥展示这张纸，并指了指地上的扎那——他躺在地板上，像鱼鳞伏在鱼儿身上。当哥哥表示理解时，他又强调了一下这项工作必须满怀着爱与关怀。事实证明，共有的东西能让兄弟俩的关系更加紧密——意见统一后，他们拥抱了彼此。

兄弟俩尽量在早上进行自己的工作，为的是不打扰扎那的睡眠。

他们认真地清扫了扎那的房子。脏乱的厨房，落满尘土的客厅，悲伤的卧室。他们发现家具已经少了大半，有被人破坏的，也有被偷走的。于是他们自掏腰包又购置了崭新的家具。兄弟俩将墙上的照片拿下来在树林里烧了。他们认为墙壁的颜色实在烦闷，于是又搬来一小罐黄，将墙壁着色。墙壁发出柠檬的光，在夏日迸裂，展示出一种难以驯服的力量——全无人类作品的瑕疵。兄弟俩看着焕然一新的房子，露出了满足的笑容。孩子们打扫房间总是零零碎碎、被动消极。兄弟俩却总是满脸笑容、心怀感激。

扎那躺在地上，看着自己闪闪发光的墙壁——那可以是墙壁或者仅仅是模模糊糊的空间——露出了困惑的表情。空间只是事情发生的地方吗？如果历史上即将有个空间与童话故事真的那么要紧的时期的话，那就是此时此刻——兄弟俩又开始打扫房间了。他们的努力足以吓退最为大胆的想象力，他们力争完美，大多数时间都在沉默。

兄弟俩在两天后开始检查屋子里的水管和电线，确认一切无误后，他们重新回到扎那身边，摆弄了一下他的四肢。

“你们要干什么？”扎那问。

“让您站起来，先生，起来看看您的新房子。”弟弟说。

“勇敢点。”哥哥说。

可断了十四根骨头的扎那怎么可能站起来呢？他虚弱

地呼吸，摇了摇头。

“您站不起来?”弟弟伸手拉起了他，扎那发出了痛苦的喊声。

“原来您的骨头断了，”兄弟俩这才恍然大悟，“我们一直以为您只是躺在地上偷懒呢。”

远处的犬吠坠落在窗框四角，窗子震颤了一下。飞虫在阳光中进进出出的身影晃动在卧室里——它们的身影无处不在，几乎在同一时间充斥了整个地球。扎那睁大眼看着他们，兄弟俩面带微笑。面对这两位勤劳的不速之客，扎那已经非常冷静了，更何况兄弟俩看起来毫无冒犯之意，扎那觉得他们亲切可爱。

“你们吃了三丹姐姐的羽毛吗?”

哥哥被他的问题取悦，拍着大腿哈哈大笑。弟弟捂住了哥哥的嘴巴，焦急地说:“当然没有！纸上写了，碰都不能碰。我们只是打开盒子看了眼。”

“对，我们没有吃。”哥哥也摇了摇头。嘴角一直挂着笑容。

“真是个漂亮的甜物，三丹姐姐是个奇迹。”兄弟俩喋喋不休，妄想去弥补房间里的沉默。他们一边赞美三丹姐姐，一边用剩下来的石膏固定扎那的断骨。八周后，当扎那痊愈，他们像是完成了一件大事，欢呼鼓掌。兄弟俩重新检查了一下扎那的房子——黄色的墙壁，水管和电线，然后丢掉了垃圾。他们离开前还留下了自己手织的花毯。

当身体上的疼痛消失，嗅觉就回来了。扎那发现自己闻不到三丹姐姐羽毛的味道了。

扎那走到桌旁拿起了盒子，上面已经沾满了形形色色的指纹，扎那惊慌失措地抠挖着盒子上的凹槽。扎那被一张阴谋巨网罩住了，他预测到了一种庞大、荒谬和缜密的公开诡计。羽毛的香味是盒子关不住的，扎那想，莫非羽毛已经被人吃掉了？不可能的，居民们就算被自己的口水淹死，也不会碰触羽毛的。现在，盒子上的纸条就像一个笑话，被十几杆滑膛枪抵着脑袋，是的，它辉煌的职业生涯已经夭折了，它只是一个无能为力的符号，可它可怕的敌人——人类，他们具有不同于其他生物的特殊技能，能够把自己的言说和行动，感受及其表达隔离开来。他们灵活地运用着符号。

到底发生了什么呢？

就在扎那犹豫着要不要打开盒子时，盒子里传出了咯吱咯吱的声音，像是小狗在里面跑。扎那瞪大眼睛用力摇了摇盒子。接下来的场景让扎那汗毛倒竖，他发出啊的一声尖叫，差点把盒子丢出去。扎那双手颤抖，额头沁出豆大的汗珠。只见一群接着一群的细小的蠹虫从盒子的缝隙里爬出来，顺着他的手臂上升。这些密集的褐色小虫，光滑圆满，锤状的触角欢快地摇摆，身上的小瘤像无数张静止不动的脸。蠹虫们弯曲的小脚飞快挪动，执行着自己单调的责任。它们谴责扎那干燥粗糙的皮肤，最终它们堆积在了他汗臭的腋窝里，你推我挤，搅作一处，令扎那无法放下自己的手臂。扎那盯着盒子，感受着腋窝里的刺痛，脸上是一种精心的、殷勤的悲惨表情。他的颌关节松弛，齿间不断涌出冰冷的气息。

就连“诚实乡”的蠹虫都是嗜甜的，扎那想。大地无法抛出自己的死者，扎那无法抛出自己的痛苦。就在这绝望的时刻，扎那的电话响了，是家里打来的。扎那接了起来，叫了一声姐姐。腋下的蠹虫们因他的动作而骚动，扎那疼得发出小狗的叫声。

“不，扎那，我是你妹妹。”

“啊呀，妹妹。对不起……真抱歉，我又搞砸了。这群畜生偷走了樟……”扎那语无伦次，开始掉眼泪。他想把腋下的蠹虫扒拉下来，谁知它们有牙齿。零星的几个被他拽下来，扭动着脚，嘴里还咬着他的肉疙瘩。他把它们丢在地上，跳着踩碎。扎那无法停止蹦跳的动作，他一直在向上跳，恐惧和委屈令他无法做出任何改变。他摸了摸自己的脸，感觉它摸起来像橘子皮。密密麻麻的蠹虫已经笼罩了他的脸，龙卷风一样席卷他的五官。扎那的眼睫毛和鼻头都被刮了下来，他什么都看不到了。虫子的酸臭味一股接着一股往扎那鼻子里涌，他将成为它们的下一餐。

该死的、扭曲的、“诚实乡”的居民们，为一切甜物疯狂。纸条上的命令激怒了他们，于是他们对下命令的扎那展开了疯狂的报复——他们偷走了盒子里的樟脑丸。

“扎那，我听不懂你在说什么。总之，你快点把三丹姐姐带过来，最近镇里来了个名医，可以治这种怪病。真是太好了，我们原本已经放弃了。”妹妹的声音里充满了喜悦和期待。

“把三丹姐姐带回去？你什么意思？三丹姐姐没有来看我呀。”

“哦，扎那。三丹姐姐生病了，她肌肉萎缩得厉害，最后变成了一根羽毛。姐姐生病时一直在说——我想扎那了，想弟弟了……我们就拜托大音将她送去你身边。怎么，大音没有告诉你吗？”

美好的一天

格乐巴和巴尔思夫来看望哈鲁娜，却发现她冰冷冷地躺在床上。

“她死了吗?”格乐巴疑惑地问巴尔思夫。

“她应该是死了，格乐巴，那只总是问‘我是一只鸡吗?’的鸟标本被她放走了。”巴尔思夫说，“她怕那只鸟标本饿死在笼子里。”

“可是她没有写遗书。”

“她的确没写，可是保姆说，哈鲁娜几个月前在看如何写遗书这类的书籍。”

“她死之前一定会写的，巴尔思夫。她会给那些药片找个继承人。”

“她这些年忘东西很快的。你是最了解的，她有一次忘记了自己晕车。”巴尔思夫弯腰用手指点了点哈鲁娜纸片一样的手，他说，“她一定是死了。你看她的指甲看起来就像是薯片。”

“巴尔思夫，她还在呼吸吗？”

巴尔思夫将手指放在哈鲁娜的鼻孔下，在他开口说出答案前，格乐巴焦急地说：“我不相信你的手指。它现在像个兵器，而不是肉和骨头。”

“她没有呼吸了，格乐巴，今天是美好的一天。”

“你想得真美！我们不能相信她，她太健忘了，她也许没死，她睡前忘了呼吸……或者她把呼吸落在什么地方了。”

格乐巴在屋子里到处翻找。哈鲁娜房间里的地板上是她累积至今的厚厚的病历。药片们长年累月在这里打仗，蹄子猛踢，它们永远无法得到任何银行的信任。只有头孢是安静的，它们偶尔会举办有计划的庆祝活动，大多数时间都在哈鲁娜的痛苦上安然入睡。她被病痛折磨，生不如死。她漫长的生活中只有医生们淅淅沥沥，如雨坠落。格乐巴没有找到哈鲁娜的呼吸。

那边，巴尔思夫的手严丝合缝地按在躺在床上的哈鲁娜苍白的胸膛上。

“她没有心跳了。”

“我同样不相信你的手掌，巴尔思夫，它已经是迷路的勒勒车了——而且它还在郊区租了房。”

“格乐巴，哈鲁娜死了。”

这是个肯定句。巴尔思夫显得严肃、庄重。格乐巴仰头注视着巴尔思夫那令人为之震慑的男子汉面孔，他看起来就像电影里经典的硬汉。

“她确定死了吗？不是睡着了？”格乐巴一直在坚持求证。

“是的。”

“巴尔思夫，你太鲁莽了。我们总是往最好的那面去幻想，我们被骗了好多次了。她无数次停止心跳，当我们想埋葬她时，她就若无其事地睁开眼说：‘把我的氨咖黄敏胶囊拿来，孩子们。’每次都是这样。”

“你就是因为过于严谨才受苦的，格乐巴。”巴尔思夫说。

格乐巴只有二十一岁，比巴尔思夫小了整整十六岁，却死板得像个老人。他那干脆利索的对错观令他小小年纪就创造出了无数令人咋舌的犯罪史。

“我杀死了一株芦苇，弃尸于水塘。”七岁的格乐巴来自首。

“哈，快看——一起刑事案件！”人们哄堂大笑。

“你想要什么惩罚呢，孩子？”大人们笑着问。

“枪毙我。”他说。

大人们嬉笑着打了格乐巴一枪，然后将他摆成小桌子，在他背上玩起了沙特拉。最后是哈鲁娜将脏兮兮的格乐巴抱回了家。她用一颗暖暖的杏子堵住了他额头上流血的小孔。哈鲁娜一直将他的脸轻轻压在自己的胸脯上，防止鸟儿飞来啄食那颗杏子。

“女士，我认为这是一件覆水难收的蠢事。”

格乐巴在她怀里沮丧地说。摇摇晃晃的怀抱和杏子味令他昏昏欲睡。他悄悄抬头，发现眼前的女士不知被谁剃掉了全部的头发，她的头顶上有七个排列整齐的针孔和一个鸟标本。两个针孔之间可以看见一个微笑，一共是六个微笑。那个陈旧的鸟标本站在第三个微笑里，它没有内脏，但它有一卷香烟，像一位毕业生。哈鲁娜低头看他，头顶上的鸟标本一动不动，只有两个针孔因为她的动作跌了下来。两个针孔粘在格乐巴的耳朵里——复制品已然褪色，但仍为他带来了刺痛感。

她哪怕没有了头发也美得令人心醉，格乐巴想着，无暇顾及疼痛。

“我抱着你，如沐春风，孩子。”哈鲁娜说。

她虽然被病痛折磨，瘦骨嶙峋，但她无疑是个巨人。她有着庞大的、高高地栖居在宇宙里的爱，母亲的、父亲的、姐姐的、爱人的——甚至不属于人类的爱。她是另一种生物。远方的雷响扰乱动物，令它们惊慌奔跑。哈鲁娜的爱不亚于雷鸣，她只要鸣响，所有动物奔向她。

“但愿她死了。”格乐巴看着床上的哈鲁娜，她没有呼吸，没有心跳。

哈鲁娜的保姆敲门进来。她是个慈祥的老人，喜欢给哈鲁娜的马儿梳毛。她喜欢哈鲁娜的马胜过喜欢哈鲁娜，毕竟哈鲁娜年纪太大了，她们之间有深深的代沟。每当工作完，她都会靠近马儿，将马尾上的棘刺和泥巴块儿刷下来。保姆笑眯眯地对他们说：“你们要在这里吃午饭吗？”

“当然。”巴尔思夫毫不迟疑地点了点头。

“那我得做四份。”保姆说。

“不，三份，哈鲁娜死了。”巴尔思夫说。

“我知道了。可即使那样我也得做四份。你的胃大得惊人，巴尔思夫。”

“请原谅我，我饿了太久了。”巴尔思夫说。

他有个不幸的童年，被大人们忽略，常常饥肠辘辘，动不动就患上不明原因的川崎病和尿道炎。所有人都将他认作绦虫，连他的母亲都那样想——当别人问她“你的孩子巴尔思夫在哪里呢?”时，她竟然会回答:“一般在未煮熟的猪肉里。”但哈鲁娜爱他，她是个威力十足的人，她从一位盲人的臀下救下了当时只有八十克的巴尔思夫。肚子咕咕叫的巴尔思夫被她带回家后，立刻吞下了她的房子。尽管损失惨重，哈鲁娜也依旧选择了将他养大。

瞧瞧现在的巴尔思夫，简直是个庞然大物。谁能想到他小时候只有水蜜桃那么大呢。

“那哈鲁娜怎么办？她自己一个人。”格乐巴执拗地站在那里。

“哦，好孩子格乐巴，别管她了！她也是第一次死，让她躺在那里适应一下。她喜欢新鲜事物。”

饭桌上，保姆摆好饭菜。她开心地说：“20世纪的伟大发明有两个，其中一个就是高压锅。”

“另一个呢？”格乐巴问。

“骗子。”她说。

“对，就是骗子。”格乐巴想着，感觉自己像一个冻僵的瓜。他的眼睛紧紧盯着自己面前的羊肉汤。这不太对劲——他用勺子搅拌着碗里的汤，让碗乒乓响个不停。这拖沓的动作无疑是对保姆的蔑视，巴尔思夫恼怒地拍了一下他的背。

“格乐巴，你在干什么？”

“汤里有东西。”

“哦！别说是头发！我已经是个光头了。”保姆在一旁悲伤地说。

“不不，不是头发……”

这是一碗不同寻常的汤，格乐巴无视巴尔思夫的怒气，将勺子放在碗旁，将手指伸进了汤里。看着这一切的保姆神情越加悲伤。巴尔思夫甚至无法直视她伤心的脸庞。他咬牙切齿地站起来，将格乐巴连同他的椅子掀翻在地。格乐巴甚至没反应过来就被巴尔思夫的怪力征服，“砰——”

的一下，脑袋狠狠撞上地板，脚底面对着天花板。他疼得尖叫，脑子里嗡嗡响。保姆跑过来想扶起格乐巴，被巴尔思夫挡住了。格乐巴听见巴尔思夫愤怒的磨牙声。永远别小瞧巴尔思夫的牙齿，他小时候能嚼烂外套拉链。

“你不会做饭，难道还不会吃饭？”

“不，巴尔思夫！哈鲁娜——”格乐巴挣扎着起身，用手指揪住巴尔思夫的裤腿，以防他踹过来。

“哈鲁娜怎么了？”

“她的呼吸，在碗里。”

巴尔思夫赶忙俯下身将格乐巴拉了起来，他低声道歉。格乐巴没工夫理他，他急匆匆将碗拉到面前，再次将手指伸了进去。他轻轻滑动手指，用指肚触摸汤里的葱和羊肉。它们正在缓缓鼓动，像一条正要蜕皮的蛇一样尽力扭动——仿佛体内有一颗心脏正在生根发芽。

“没错！就是哈鲁娜的呼吸！就在这里！你看这些葱和羊肉都活过来了。”格乐巴激动地说，“我就说她没死！她一会儿就会坐起来，要一些肉蔻五味丸或者巴特日七味丸。然后她吃完药，就躺在那里痛苦地呻吟，两条眉毛间可以夹死一只鼢鼠！”

格乐巴睁大眼睛："她刚刚就是睡着了，你却说她死了！巴尔思夫，我们空欢喜一场！今天才不是什么美好的一天！"

巴尔思夫盯着那个碗，他犹豫了一下才开口："你弄错了。"

"她没死！这太不幸了——她依旧在受苦！她把呼吸落在某个地方了，然后保姆没看见，将它炖汤了。你看这一碗的东西都活过来了！只有哈鲁娜的呼吸才有这么神奇的生命力。"

"你弄错了。"再开口时，巴尔思夫斩钉截铁，腰挺得笔直。也许他曾经当过军人——但没人记得了。因为就连最疼爱他的哈鲁娜，也被疾病折磨得忘记了连同自己呼吸在内的一切。

保姆指了指桌子正中央的锅，轻声说："哈鲁娜的呼吸只在你的碗里吗？其他人的碗里有吗？这个锅里有吗？你说得没错，怪不得今天的西红柿滑溜溜的，总是滚到地板上。"

巴尔思夫低头将手指伸进了自己的碗里，不知道他在想什么。过了一会儿，巴尔思夫抽出了手指："我的碗里也有呼吸。”

“你看！哈鲁娜她……”

“我又没说是哈鲁娜的呼吸。这呼吸长着羽毛呢。”

“除了她，还有谁受到了如此大的折磨！她受了太多苦！她的呼吸都受不了她了！”

“格乐巴，你今天反倒是鲁莽的那个人了。”

“你以前也这样斩钉截铁地说——哈鲁娜死了。但她没有！这次也一样。”

“这次不一样，格乐巴。”巴尔思夫又重复了一遍，“这次不一样。”

如果不是哈鲁娜的房间里突然发出声音，这场争论一定会持续下去。格乐巴震惊地张大了嘴，他听见哈鲁娜的房间里传来了“咚咚！”的声音。哈鲁娜在敲她的床板！这“咚咚”声逐渐变成“砰砰”声，震得天花板和墙摇晃，令人眼花缭乱——这声响未免过大了。

“她睡醒了，巴尔思夫。”格乐巴悲伤地说，“她没死，你错了，她没死。”

巴尔思夫盯着哈鲁娜的房门，面色狰狞。他只在原地站了一会儿，就杀气腾腾地冲向哈鲁娜的房间。

“你想杀了她！哦不！巴尔思夫！”格乐巴扑到了巴尔思夫身上。

“她已经死了。”巴尔思夫轻松地推开格乐巴，像推开一片潮湿的树叶。这个可怜的小人儿！

巴尔思夫不顾格乐巴的阻拦，一脚踹开了哈鲁娜的房门。一只大鸟被巨响惊得在房间里乱飞，翅膀扑腾，羽毛像彩虹色的雪花一样在这个狭小的空间里飘荡。它扇出的小飓风，令那些病历都腾飞了起来，从上面抖落的凌乱字迹，染黑了大堆大堆的药片。病历、药片、混乱——好一幅色彩艳丽的社会风俗画！它把这些疾病的象征物搅得稀烂。是哈鲁娜的鸟标本！

窗户关着，是那透进窗户的一缕稳重的日光将这只鸟标本放了进来。

格乐巴惊恐地用手掌捂住脸，这只疯狂的鸟会在飞翔中划伤人的脸。他的耳朵里充满了鸟无情的问候声。鸟儿总是这样，它们不怕成为一个骗子，不怕弄乱人类的房间——它们只怕从生活中隐退。

“标本？”巴尔思夫一冲进房间，就看到了这壮观的场景。他下意识地将格乐巴护在了身后，防止他被标本伤到。

鸟标本的爪子在墙上留下了长长的伤痕，它的翅膀拍烂了灯泡的心脏，割断了电线的喉咙。

“哦，这可真有意思，我还以为是巴哈来了。”巴尔思夫被自己的冲动逗乐了，他的声音里带上了笑意。他目不转睛地注视着鸟标本，防止它突然撞过来。它会撞断人的肋骨。

“巴哈?”格乐巴的声音从手掌下闷闷响起。他不敢睁开眼，巴尔思夫宽阔的背成为了他的盾牌。

“那个坚持有机原则的男人。他一直想吃哈鲁娜，说吃了她会获得永生。呆瓜！他只会得病!”

“吃了哈鲁娜就会永生?”

“当然不会，他们以为哈鲁娜的年纪比太阳都要大，其实根本没有。她说她差点见到双腔龙——意思是她没见到，她出生前恐龙就灭绝了。”

巴尔思夫突然抬手抓住了那只乱飞的鸟标本。鸟标本激动极了，扭头啄巴尔思夫的眼睛，却被巴尔思夫狠狠咬住了喙。它拼命甩头，羽毛全部奓开了，每一根羽毛都翘得姿态各异。鸟标本生怕巴尔思夫生吞了它。他倒是没那意思，只咬了一会儿，就松开了嘴。鸟标本似乎也冷静下来了。它叫了一声，巴尔思夫充满歉意地冲它点了点头。它又叫了两声，狡猾极了——它模仿哈鲁娜的声音，用那带着震惊、痛苦、希望、宠爱的声音唤着他的名字。巴尔思夫侧头亲了一口它蓝色的头顶。那只鸟标本逐渐靠近他的耳朵，趁他不注意，头猛地一甩，啄下了他耳朵上的一小块肉。

“哦！你还真是没完没了——你不是走了吗？”巴尔思夫疼得缩了缩脖子。他让鸟标本站在自己的手臂上。鸟标本的喙红得像草莓，它说巴尔思夫尝起来是咸的，像一只孵蛋的企鹅。巴尔思夫用拇指和食指搓了搓它的草莓喙，劝它去亲近一下邻家的狗。那只狗的脾气好得惊人，它的饮料伸舌可及。“嘿！巴尔思夫，我就说过，我们还会在街市上认出彼此。”这只暴力且聪明的鸟标本说。它尖尖的爪子划破了巴尔思夫的皮肤，令他结实的手臂看起来就像非机械化耕种的农田。巴尔思夫的血液的体格像诗人，它们只往外流了一会儿就止住了，就像在说——“活已干完”。

“你又回来干什么？”巴尔思夫问。

“我把东西落下了。”

“哦，还有比这更糟糕的事吗？”

"当然有！东塔原的无盖蓄水设备，它令蚊子疯狂繁殖。有一头猪非常有个性，它去那里散步，被蚊子咬死了。你知道……"

"你落下的该不会是呼吸吧？"巴尔思夫问。

"是的，你是怎么知道的？"

"那东西被你落在厨房了，你偷吃什么了？"

"吃一些可以帮助我越过堤坝的东西。"它说着，不动声色地瞥了一眼巴尔思夫，这一瞥自有深意。巴尔思夫露出恍然大悟的表情，格乐巴却一头雾水。巴尔思夫比格乐巴更早遇见哈鲁娜，所以他与这只鸟标本接触更早，他见过它的蛋壳。正因如此，他们之间更有默契。

"不可能！"格乐巴打断他们的对话，他指着鸟标本的脑袋——这只鸟曾经教他下五子棋，"你不会落下呼吸的！你跟哈鲁娜不一样。你是个鸟，你吸气和呼气时都能在肺里进行气体交换，你能落下才有鬼了。"

鸟标本扭头看它，它身上的淡绿色过于可爱——简直是崭新的天王星——美的奥秘永留其间。

"为何你如此轻视自己不了解的事物？"它满脸困惑。鸟儿总能发现人类身上微小的缺陷，不过它不会绷着脸教训他们。它从不寻找人与人之间的区别，即使不小心找到了，它也不会将他们的每一点区别都变成价值上的区别。

“快告诉我为什么。”格乐巴急需一个答案，心如枪膛般灼热。

“我没有内脏。再说了，宠物会越来越像主人的，可爱的格乐巴。”它说。

果不其然，它那宠溺的语气跟哈鲁娜如出一辙。那是哈鲁娜的声音，在他木讷的耳朵上留下一个长吻。格乐巴像是被吓了一跳，他的肩膀猛地一抖，鼻头一酸，差点哭出来。格乐巴长得一点都不可爱，因为总是弯腰道歉，他有点驼背。他长得小里小气，牙齿也有缝隙。但哈鲁娜总是夸他可爱，称他惹人怜爱。哈鲁娜抚摸他的头发，亲吻他的额头，她对将要落下的太阳说：“请不要带走格乐巴的福报和运气。”哦，多么令人心酸——她被各个世纪的特色疾病折磨了成百上千年，可她甚至从来没说过“请不要带走哈鲁娜的福报和运气”。哪怕他到了八十岁，成为一道皱纹，哈鲁娜也会疼爱他的，她就是这样一个人。

格乐巴情不自禁地扑上去亲了一口它蓝幽幽的头顶，过了一会儿，又忍不住吻了它丰满挺立的胸脯、它斑马皮一样的漂亮脸颊、它的天王星羽毛。鸟标本一动不动任他亲吻。它理了理羽毛，啄了几口格乐巴的嘴唇和巴尔思夫可怜的手臂。动物在安慰人这方面胜过人。你亲吻它们漂亮的羽毛，喜乐的颜色与生命的力量便注入你的灵魂，稍不留神就会坠入极乐。

“天啊，我以为你会咬下我的一块肉。”这杀伤力十足的巨型鸟标本竟然接受了他的吻，格乐巴感到不可思议。

“你可是个好孩子，格乐巴。”

“可是你咬巴尔思夫。”

“巴尔思夫小时候逼我练后空翻。”

巴尔思夫笑弯了眼，格乐巴也笑了。床上的哈鲁娜似乎也笑了。在接下来的时间里，她将一直裸到骨头，然后脱下全部的裸。

“我得把呼吸找回来。”

那只鸟标本说着，将爪子从巴尔思夫的手臂里拔出来，毫无留恋地飞出房间去寻找自己的呼吸。它没有回头看一眼自己真正的主人。死去的哈鲁娜在它眼里是什么样子的呢？也许是透明的，因为它仿佛看不见她了。鸟标本活蹦乱跳，这个房子里只有它和哈鲁娜正在享受三维空间的自由。巴尔思夫甩了甩被抓伤的胳膊，将疼痛全部甩了下去。

保姆进来询问发生了什么，巴尔思夫摇了摇头，称没有关系。他坐在床上，哈鲁娜的手指就贴在他的尾骨上。他吃了一顿失败的午餐，被鸟标本欺负，却显得很精神，就像哈鲁娜的手指正将养分源源不断地输送给他。他低着头，在阳光下数着地板上的虫子尸体。巴尔思夫费力地弯下腰捏起了两只虫，塞进了嘴里。保姆隔着厚重的墙壁都听见了巴尔思夫清脆的咀嚼声。她在屋外高声说："我给你拌一碗炒米吧。"巴尔思夫赶忙说不用。

"骗子。你是骗子，哈鲁娜是骗子，这些虫子也是骗子。"格乐巴突然说。他站在那里，打算一直站到哈鲁娜醒来，以证明自己的猜想是正确的。哈鲁娜只是睡着了，她没那么容易死。今日，所有人都一脸聪明相——真是可笑。

"格乐巴，你看起来就像被人猛地勒住了缰绳。"巴尔思夫一边看他，一边捡虫子。

"你就像个舌头没能分叉的沙蜥。"

"你到底还要我说几遍哈鲁娜已经死了，小男孩？"

格乐巴陷入了沉默，这沉默比大象怀孕都要漫长。巴尔思夫咬碎虫子的足，他侧身指着哈鲁娜："你为什么不敢仔细看看她?"

"不，她没死。"格乐巴站得离床远远的，"没这么好的事儿。"

"是啊，所有人都觉得她会一直痛苦下去。不久前，她还躺在章鱼形状的顶灯下面，被光照得发亮。"

"昨天我问哈鲁娜——是谁把太平洋挖得那么深?她说她要仔细想一想，明天告诉我。所以她根本没死，她一定会回答我的。她快醒了。巴尔思夫，你别坐在床上，你会挡到太阳，她见到太阳会醒得更快。"

"没准儿她已经回答你的问题了，格乐巴。"

"什么时候?"

"就现在，或者两个小时前。"

"别说了。你快起来，给阳光让个道儿。"

巴尔思夫没有起身，他连动都没有动一下。

"格乐巴，"巴尔思夫说，"只有今晚了。"

窗外，那只鸟标本飞走了。它发出的动静就像直升机，全身闪烁着西红柿的光泽——鸟标本找到了它的呼吸。巴尔思夫微笑着冲它挥了挥手。比起年老体弱的哈鲁娜，它更喜欢那些穿着时髦运动裤的孩子们。认识它的标本都说它的生活方式太前卫了。因为它会用GPS，过马路前还得事先计划好。

“不，我是说……巴尔思夫，为什么这次你这么肯定？”

“你会感觉到的，格乐巴。这跟心跳和呼吸都没关系。这是一种不同以往的感觉。”

“感觉？”

“前几次，当我得知哈鲁娜已经死去时，我能感觉到自己正从布满笑容和灌木丛的斜坡上滚下来。”

“现在呢？”

“现在我感觉我就是那斜坡。”

格乐巴百思不得其解，被微笑着的巴尔思夫拉去喝酒。出门时，保姆正在给心爱的马梳毛，她冲走远的巴尔思夫和格乐巴挥了挥手，就像巴尔思夫冲鸟标本挥手一样。如果哈鲁娜真的死了，那确实是一件值得庆祝的事情。可如果她没有呢？

他们找了一家饭店。格乐巴无法微笑，只有巴尔思夫一口接着一口地喝着没有杯子的酒。金色的酒液流进他的胃，他的脸红得像太阳。巴尔思夫的快乐令格乐巴感到羞愧。他也想喝个痛快，一醉方休，可他办不到。格乐巴总觉得什么东西缺失了，他必须再去看看哈鲁娜，跟她谈一下——所以他必须保持清醒。当巴尔思夫将酒瓶上的锡纸商标撕下来塞进嘴里时，格乐巴惊恐万分，他赶忙阻止，但巴尔思夫已经死死闭上了嘴。他慢悠悠地嚼了两下，将锡纸商标吞进了肚子里。巴尔思夫小时候就是吃着这些长大的——破旧的蒙古皮靴、睫毛膏、大人的咂嘴声。他在回忆童年吗？自从哈鲁娜出现在他的世界，他的悲惨童年就走到尽头了。

“你像个业余的倒霉蛋。”格乐巴将空酒瓶移开，防止他吃上面的锡纸。

“谁不是呢？”

“巴尔思夫，哈鲁娜真的死了吗？”

“我家乡的引水渠是铅做的，我的妻子是一位可爱的打字员——我能确定的只有这些了。”巴尔思夫吞了一口唾沫，接着说，“为什么就应该必须有一个明确的‘死了’？你在那里捞捞搅搅——想干些什么呢？”

格乐巴将醉醺醺的巴尔思夫送回了家。到门口时，他再次不厌其烦地问巴尔思夫：“哈鲁娜死了吗？”

“哈鲁娜是谁？”巴尔思夫疑惑地问。他绝对不会在醉酒后撒谎。“只有今晚了。”格乐巴想着巴尔思夫的话，感到一群骰子那般大的辣椒籽，沿着他的背滚下去，种下一大片灼痛。哪怕离开他的背，它们也在撞击着格乐巴记忆中的增湿器，留下余音袅袅的“叮叮当当”声，好似在泄愤。

离开时，巴尔思夫那可爱的妻子站在门口笑着道谢。她的笑容甜美动人，轻轻摇晃着怀中只有三个月大的婴儿，孩子已经陷入了沉睡。巴尔思夫的母亲和哈鲁娜或许忘记了他曾经是个军人，但他的爱人和孩子却永远不会忘记。可哈鲁娜没有孩子和爱人。她死后，所有人都会像巴尔思夫一样忘记她。

格乐巴很想见一面哈鲁娜，也许她已经醒来了。他想和她聊一聊今天发生的事情——所有人都确信她死了。她那充当保镖的鸟标本一去不回，她疼爱的巴尔思夫也彻底忘记了她。哪怕不谈这个，他也要问清楚，到底是谁把太平洋挖得那么深。如果哈鲁娜身体不舒服，就明天再聊。格乐巴回到哈鲁娜的房前，却发现门已经被锁上了，马儿也不见了。

这片五官端正的空白到底是怎么回事儿？格乐巴多么

希望就此翻篇啊！他被众多问题折磨得全身疼痛。他急忙给保姆打电话。

“马不见了！”

“我带走了。格乐巴，你在哈鲁娜的房前吗？”

“您为什么把马带走了？”

“哈鲁娜曾经说过，她死后要把这匹马送给我。据说这匹马学习的是外交专业，它能和斑马交谈——我为它感到骄傲。”

“什么，她死了？不，她只不过是……”

“是的，她死了。今晚月色不错。她一直很喜欢月亮——我就将她埋在月亮下的土地里了。”

“您为什么要将她埋葬？她没死，这是活埋！”

“哈鲁娜应该待在春天诞生之处。”

“该死的！你们为什么都这么确定她已经死了？你们……”

“她确实死了，格乐巴。为何死亡在你心中成了这般不堪的词语？”

“可……你把她埋在哪里了？我想见见她。”格乐巴想着太平洋，想着哈鲁娜痛苦的呻吟声，哈鲁娜的疾病，她的爱……

电话那边是漫长的沉默，年老的保姆仿佛在回忆着什么，过了好久她才开口："我忘记了。"

格乐巴不知为何想痛哭一场，那过长的序曲之后竟是另一片空白。他想她本可以再停驻一夜。

"我忘记了，这也是没有办法的——保姆会越来越像雇主的。快回家吧，格乐巴，今天是美好的一天，你为何闷闷不乐？"

她挂了电话。格乐巴久久凝视着紧锁的房门。大海的咸味、草原的涩味，人们每隔两秒嗅一下手指上不慎沾上的鞋油——一切似乎都被规定好了。美丽动人的月光拥抱着格乐巴，就像哈鲁娜那样温柔。夜晚精神抖擞，只有把它灌醉了才能制服它。格乐巴在紧锁的门前站了好久，闪烁的露珠在他的发丝间挤得满满的，他感到了露珠的沉重。格乐巴正从斜坡上滚下来，可有那么一刹那，他却仿佛成为了斜坡。这种感觉就像你看到了那些不小心点燃了你的脚踝的萤火虫，看见了一群几乎不散发任何味道的小羊羔，看见了你的女孩儿扬起她湿漉漉的眼睛。你在那一刻感到了美好，便能预知接下来的一整天都是美好的。

格乐巴情不自禁抚摸自己额头上茂盛的杏树，它只有两厘米高，却有着整整十四圈年轮。哈鲁娜曾经用一颗小小的杏子拯救了他。格乐巴后悔了，这一天，确定无误是美好的——哈鲁娜不会醒来了。他应该举杯庆祝的——碰撞酒瓶，让酒水飞溅，让它们像一只穿着纯棉袜的大脚伸进桌子底下，让它们在屋顶翩然起舞，让它们填满那该死的、该死的、令人困惑的太平洋。他应该和巴尔思夫一样把自己搞得烂醉如泥，酒气冲天，然后令夜晚微醺。他没有饮酒，没有为那仁慈美丽的哈鲁娜唱一首情歌——这是只属于他一人的、难以收拾的败笔。

“我总是搞砸一切。”格乐巴回忆着童年的蠢事，陷入了杀死了芦苇的巨大的挫败感中。他在甜甜的杏子味中回家了。格乐巴认为自己并不是全部失败了，至少在那清醒的夜晚，他终于意识到——哈鲁娜只不过是死了。

金甲虫

金甲虫萨木巴去世了。

因为它的死亡，大雨不停，烤核桃仁和乌鸦饲料全部腐烂，所有人都赶在裤兜里长蘑菇之前，恋恋不舍地与黑色的意大利柏道别，并将油门踩到底，离开了萨木巴生活与死亡的地方。由秋天的刺猬组成的送葬队伍足下生风，手脚并用地将萨木巴金灿灿的身体塞进了路过的龙卷风的怀里。从此以后，龙卷风那焦虑、充满活力的血流中仿佛有黄金在涌动，每一个与它相遇的孩子都会不禁凝视着它，为自己的晚归编造出一个又一个崭新的借口。

金甲虫萨木巴的孩子们成为了孤儿。这些在金甲虫萨木巴的精心照料和教导下长大的孩子，可爱又懂事，如静物画家那般保持着完美的平衡。他们仿若一张幸福的请柬，邀请你前来。所有人都希望在离开此地时，可以接走一个金甲虫萨木巴的孩子。这些人使用的手段里，有些是糖果和书本的诱惑，有些则是执拗的、态度强硬的豪夺。

金甲虫萨木巴的小学同学日迪——一个总是将班级玻璃擦得熠熠发亮的蓝色蜻蜓，坐在自家的餐桌前，一边慢悠悠地嚼着糖杏仁，一边俯身看地图。它用自己细长的脚敲了一下写着“金甲虫萨木巴”的红色圆圈——它也准备接几个孩子回家。日迪将这美好的决定刻在了滚圆的红皮苹果上。它在出发前将苹果和糖杏仁收了起来。

可惜，日迪出门时不幸遭遇了堵车。那些愁白了头发的蜻蜓大群大群地飞着，日迪几乎寸步难行。有些蜻蜓甚至在自己的翅膀上涂满了肥皂，它们在雨中冒着泡泡前进。一只德高望重的蜻蜓正在补充它为蜻蜓家族记录下的编年史。蓝蜻蜓停在半道儿，它叹着气看着这群疯狂的蜻蜓——它们仿佛是一个惊心动魄的故事，描写的是一个关于领养孩子的冒险狂想曲。“我怎能放弃呢?”它下定决心，并收起了烟斗。蓝蜻蜓日迪抓住时机，巧妙地一闪身，从一只有着芭蕾舞演员般平衡力的小蜻蜓的胳膊底下开溜了。

当蓝蜻蜓日迪匆匆忙忙赶来时，发现原本热热闹闹的萨木巴的家如今已经空荡荡了。这里的桌子椅子东倒西歪，装着花生油的罐子被打翻了，在地板上形成了一个亮晶晶的油湖。油湖颤抖的中心铺满了灰尘，尘埃们仿佛卧在一片黏稠的荒凉之中，花生油的香味无法为它们送来救赎的承诺。堆放在角落里的、曾经耀眼夺目的煤块如今也无精打采了起来，用无助的眼神表达自己未脱口的痛楚。灿烂的色彩、甜美的旋律，令人难以忘怀的、彻头彻尾的惬意——这些曾经居住在萨木巴家里的房客，凭着自己的聪明才智死里逃生了，它们甚至关上了逃离时使用的大门。日迪不知它们逃去了哪里，这里的空气中弥漫着令人昏昏欲睡的倦怠和潮湿的竞争压力。

有个可爱的孩子站在金甲虫萨木巴的家门口，红脸蛋，黑头发。她面露疑惑地看着蓝蜻蜓日迪，踩着自己忧郁的金色影子。那片令人无法忽略的影子仿佛是金色的苔藓，歪歪扭扭地生长在她的脚下。这么小的孩子，却仿佛是一棵枝蔓繁杂的大树。所有来到她脚下避暑的人都会不由自主地回忆起自己童年的悲哀和心愿，回忆起高高站在树枝上的松鼠和树上苦涩的果实们。

“哦，原来是达达。”日迪想着，“这是金甲虫萨木巴最喜欢的孩子。”

达达从小就会数地球的年轮，因此她知道地球的准确年龄。金甲虫萨木巴称她为“智慧达达”。达达心地善良，她从来不嘲笑那些屁股细小的人与生病的奶豆腐们。达达甚至想放走字典里的“蜜蜂”，她认为那些黑色的“蜜蜂”彬彬有礼，它们从不大声喧哗。达达说，字典里的“蜜蜂”无私奉献自己的一切，为了向世人传授知识，它们甚至愿意放弃这个世界上所有的日落和茄子花。惹人怜爱的、聪明善良的达达，人们为了带她回家可是会大打出手的。可是现在，为什么只有她一人站在房前呢？

“达达，你好。”

“你好，日迪。很高兴见到你。”

“可怜的达达，你淋着雨呢——没有人来接你走吗？”

达达站在雨中摇了摇头。

“哦，达达，大人们没有发现你吗？”

“不，日迪——他们向我招手，可是我拒绝了。”

“为什么，达达，你不冷吗？”

“我在等你，日迪。我想和你回家。”达达凑过来，将冰凉的脸蛋贴上了蓝蜻蜓日迪的眼睛。日迪感觉达达像一股湿润的微风吹向了它，它喜出望外，“今天我是最幸运的那只蜻蜓。”

“为什么是我呢，达达？”

“我很喜欢你，日迪。你是最漂亮的那只蜻蜓。我非常想和你一起玩耍。”

“我太开心了，达达。上来吧，我们要离开这里了。金甲虫萨木巴已经死去了。没有人能照顾你了。”

“日迪，我们要去哪里？”

“去一个小孩子不会牙疼的地方。”

“好的。”达达点了点头，干净利落地翻身坐在了蓝蜻蜓日迪的背上。

蓝蜻蜓日迪问达达：“孩子们都被接走了吗？达达，是不是还有几个小孩子？”

“是的，有一个小孩子叫牧牧。”

“牧牧去哪里了呢？”

“被磁铁吸走了。”达达压下身体，嗅了嗅蓝蜻蜓日迪的背，“你有青草的香味。”

“为什么牧牧会被磁铁吸走，达达？”

“因为……”

“砰——”遥远的森林里传来了枪声，打断了达达的话。尚未离去的猎人们正在向那滴尚未落地的、最肥大的雨滴开枪。他们的枪口冒出耀眼的火光，枪声在林中久久回荡。雨水痛苦地哀号，哀号声流连在森林的边缘。达达也许听见了，也许没有听见——她回头看森林。达达的笑容摇摇欲坠，仿佛一个快要长大的孩子忐忑不安地凝视着即将到来的未来。

“达达？”蓝蜻蜓尝试着引起达达的注意力。

达达果然扭回了头，她想了想回答道：“因为牧牧有着钢铁般的意志。”

“因为牧牧小姑娘有着钢铁般的意志，所以她被磁铁吸走了是吗？”

“是的，日迪。”

“这可太有趣了——你为什么说牧牧有着钢铁般的意志呢？”

“有一次牧牧和羊羔吵架了。羊羔说不过她，就咬紧牙关，在牧牧的肚子上狠狠地揍了一拳。牧牧一声不吭，她没有哭泣。”

“她真是个勇敢的孩子，达达。”

“牧牧说疼痛是一种枯燥的、勉强的东西。但它不会像地毯一样层层叠加，它是被摘下来的西红柿。牧牧不怕疼痛，她更担心自己会迷失方向。”

“迷失方向？”

“是的，关于羊羔与她的方向。”

“她真是个好孩子，如果牧牧没有被磁铁吸走，我肯定会把她接回家。”

“那么，达达，还有谁？”蓝蜻蜓日迪耐心地问。

“还有三百姑娘。”

“三百姑娘在哪里呀？我们能带她回家吗？”

“我想不能了，亲爱的日迪。因为三百姑娘是简洁的六边形，蜜蜂们非常喜欢她，就把她抱回家了。”达达在日迪的背上翻来覆去，最后伸展着自己的四肢趴在了它的背上。雨水打在她的脸上，逗得她咯咯笑。

“三百姑娘为什么是六边形的呢，达达？”

“也许是因为杨桃。三百姑娘爱吃杨桃，更喜欢它们的核。”

“达达，可爱的达达——你喜欢吃什么呢？”

“四季塑造的一切我都喜欢，蓝蜻蜓日迪。”达达用她黑色的眼睛热切地注视着它。蓝蜻蜓日迪的身影印在她的瞳孔里，仿佛达达的眼里融化了一片海——赞美威力无比的达达，她的眼中可以包容一切。

“我喜欢蓝色的蜻蜓。”

“我也喜欢你，达达。我记得有一个很像金甲虫萨木巴的孩子，达达你还记得他吗?”蓝蜻蜓日迪问。

达达畅快地深吸了一口气。雨水已经打湿了她的衣服，她的胳膊中有早已被埋葬的星星们在流淌，发出迷离的簌簌声。达达一直在沉默，蓝蜻蜓日迪回头看达达，发现她闭上了眼睛，仿佛在回忆着什么。她嘴里哼唱着无拘无束的摇滚音乐，橘黄色的小皮鞋随着歌声摇晃。达达稚嫩的眼睑上停驻着大朵大朵的阳光。是啊，蓝蜻蜓想——雨水怎能抹去太阳在一个孩子身上留下的痕迹呢?

达达突然开口了，她睁大了眼睛:“是的，蓝蜻蜓日迪——我记得他。总是被金色的俄罗斯羔羊皮包裹的小匣子——因为他总是披着它，别人就误以为他是金色的。他总是因为这件事闷闷不乐，但他不想换下那张金色的俄罗斯羔羊皮。”

“原来是这样，达达——我们的小匣子原本是什么颜色的呢？”

“在夏天降落的雪融化了，在融化的雪上打开一扇用胡子制作的门，从门里飞出一条红马鞭，被红马鞭不小心砸到的小山雀发出的第二声啼叫——匣子小朋友是这个颜色的。”

“怪不得匣子小朋友要披着金色的俄罗斯羔羊皮，也许是因为他原本的颜色太复杂了。”

“不，你错了日迪——是因为他的颜色过于简单了。”

雨水淹没了日迪的脚。达达变换姿势，斜躺在它的背上，将脚伸下去踩在了水上。大雨令达达脚的轮廓变得影影绰绰。达达实在太可爱了，因为她的存在，雨中的一切风景的美都在成倍地增加。因为达达在这里，所以每一滴雨水都被刷上了金漆，每一株植物上鲜明的条纹都仿佛在雨中创造了一段历史。“我爱达达。”——蓝蜻蜓日迪想——因为爱意味着完美的沟通。

“红色、蓝色、白色或者绿色——这些颜色都比匣子的颜色要复杂。正因为匣子的颜色太简单了，别人总是看不见他。”达达向蓝蜻蜓日迪解释。

“匣子在哪里呢，达达，你知道吗？”

“很抱歉蓝蜻蜓日迪。匣子的金色的俄罗斯羔羊皮被大风刮走了——我找不到他了。他与所有的一切融为一体了。”

“在夏天降落的雪融化了，在融化的雪上打开一扇用胡子制作的门，从门里飞出一条红马鞭，被红马鞭不小心砸到的小山雀发出的第二声啼叫……原来是这样啊。达达——这的确是最简单的颜色了。”

“蓝蜻蜓日迪——金甲虫萨木巴还有一个孩子。”

“这个孩子我们可以找到吗?”

“前一秒或许可以，但现在不能了。”达达摇了摇头。她现在不踩水玩耍了，她捏着蓝蜻蜓日迪的翅膀，看上面的花纹——它们像蜿蜒曲折的芳香小路，一直延伸到大自然舞台的最左侧。

“为什么这么说呢，达达?”蓝蜻蜓日迪抖了抖翅膀，雨珠在上面像小青蛙一样跳来跳去。达达被逗笑了，她的笑声坠落在蓝蜻蜓日迪的翅膀上，叮叮当当，随着雨珠一起跳动。惹人疼爱的达达，希望她不要在雨中感冒。

“因为当别人想起他的那一瞬间，他就会害羞地跑远。我刚刚想起他了，所以他可能已经跑到企鹅生活的地方去了。”

“他叫什么名字，达达？金甲虫萨木巴给他取了什么名字呢？”

“不不，不能提起他的名字。你只是想起他，他就会害羞的。更别提有人呼唤他的名字了——如果有人那样做了，他会跑到另一个维度的世界里去的。”

“真是个让人没办法的小孩子。”蓝蜻蜓日迪说，“那么，就只有达达一个孩子了。我们一起回家吧。”

“日迪。”达达突然叫它的名字。

“怎么了达达，你忘记什么了吗？”

“不，没有。我只是想问你，日迪——金甲虫萨木巴去哪里了？”

“它已经死去了，达达。”

“我知道，日迪。可是当它死去的时候，它去了哪里？”达达疑惑地问。她仰躺在蓝蜻蜓日迪的背上，注视着空中黑压压的云彩，那是无数颗黑眼珠，它们也像达达注视着它们一样注视着达达。日迪终于知道，它一开始见到达达时，她脸上那疑惑的表情是怎么来的了。

“为什么这么问呢，达达——达达？”

“因为，虽然牧牧被磁铁吸走了，我看不见她了，可我能知道牧牧在有磁铁的地方。虽然三百姑娘被蜜蜂抱走了，我看不见她了，可我能知道三百姑娘在蜜蜂们生活的地方。虽然匣子的金色的俄罗斯羔羊皮被风儿吹走了，我看不见他了，可我知道自己只不过是看不见他的颜色了。虽然我看不见那个害羞的小朋友，可我知道他是存在的，就在我的脑海中——哪怕我只是稍稍想起他，他就跑远了。可是金甲虫萨木巴，日迪——可是只有金甲虫萨木巴——我知道它已经死去了，我看不见它了，可我却不知道它去哪里了。”

雨依旧下着，连绵不断。三分钟前长出来的蘑菇已经有松树那么高了。猎杀雨滴的猎人们也急匆匆地离开了。他们大汗淋漓，满脸笑容，随身带着自己一口讨喜的乡音，背包里的雨滴足够他们吃上三四年了。猎人们忙着赶路，却不忘用嘴唇轻轻触碰自己的背包，想要唤醒里面的战利品。蚯蚓们出来闲逛，地面瞬间变得很拥挤，连空气都挤不进去了。空气们大声抱怨，撑着自己早就被雨滴砸烂的可怜雨伞，称蚯蚓们是忘恩负义的白眼狼。这场仿佛在自己的肚皮上装了自动伸缩架的大雨中，蔓延着一种不断增长的孤独感。所有人都离开了，所以理所当然地——没有人能为这种孤独感加以进一步的说明，它被模棱两可地悬挂在这场大雨中唯一的孩子——达达的头顶上。

“你感到孤独了吗，达达，你思念萨木巴吗？”

“是的，日迪——我很思念它。它的金色就是最温暖的被窝。如果它在，就不会下如此大而漫长的雨了。”

达达已经湿透了。蓝蜻蜓连忙扇动翅膀，它向家的方向飞去。日迪与这下个不停的雨水顽强地抗争。达达改变自己的姿势，稳稳当当地坐在它的背上。蓝蜻蜓飞得并不高，因此能与那些已经无人居住的、闪闪发光的玻璃矮房擦肩而过。达达看着自己在玻璃里一闪而过的身影，想自己明明是在玻璃外，却可以明晰地感到一种，原本是属于被关在玻璃里的，两栖动物的悲伤。蓝蜻蜓日迪敏捷地飞过一个弧形的楼梯。

“达达，我们要回家了。你四处看看吧，也许可以找到金甲虫萨木巴。”

“日迪——刚刚我们路过的那个楼梯，曾经有记者来采访它。”达达似乎已经忘记金甲虫萨木巴了，频频回头看那个弧形的楼梯。她轻轻拍打蓝蜻蜓日迪。

“记者为什么要采访一个弧形的楼梯?”

“记者说——因为它总是等着看笑话。”

“看什么笑话?”

“看从它身上不小心摔下来的人的笑话。”

“记者是怎么知道一个楼梯在等着看，从它身上不小心摔下来的人的笑话的呢?”

“我们称那为想象力。人总得找点事情做。”达达柔软的头发被雨淋湿，乖巧地贴在她热乎乎的头皮上，“金甲虫萨木巴有一次爱上了一只瓢虫，那只瓢虫非常怕它，每当金甲虫萨木巴靠近它，它就装死。所以在很长一段时间里，金甲虫萨木巴都觉得装死是最浪漫的事情——这全靠它的想象力。还有——你知道吗，日迪，经常有不是目标的动物误掉进陷阱里，比如猫咪掉进抓浣熊的陷阱里，鸽子掉进抓麻雀的陷阱里……金甲虫萨木巴掉进羊圈里。”

“羊圈是陷阱吗，达达?”

“绵羊会挤在一起的，金甲虫萨木巴一掉下去就被困住了。”

“你比我更了解它，达达。”

“不，日迪，我并不太了解它。我对萨木巴的任何了解都来源于我们共同的合作。可是我们很少合作，总是它在帮助我——填饱我的肚子，教我识字，在斑驳的森林里为我指明道路，给我安全和幸福，为我开启一扇门的同时也关上另一扇门。”

“你要知道，达达——那也是一种合作，一种特殊的合作。”

“谢谢你告诉我，日迪。”

雨渐渐小了。蓝蜻蜓日迪开始升高：“再说说萨木巴，好孩子，也许你就能找到它了。”

达达低头仔细解剖着一粒草籽——它也许是被风儿吹来的。达达有着独特的玩耍方式，给她一粒种子，她可以玩耍一整天。该如何爱她呢？日迪想，春天为了向她表达爱意需要写下一整个季节的甜言蜜语，那一个蜻蜓——该怎样表达对她的爱呢？无数人路过达达，最后全部随着落叶一道离去，只有达达一人站在原地，低头解剖着自己名为“童年”的种子。达达是否知道——没有人会像童年的摇篮曲那般为她停驻呢？时间像风儿吹过，永不间断，勤劳地改变着所经之处的面貌，它创造笑容也创造泪水，让所有的文字翩翩起舞。蓝蜻蜓日迪陷入了沉思，达达的声音再次响起：

“当我们玩耍时，金甲虫萨木巴就站在一边。它似乎认为自己是一个必不可少的、准确无误的注脚，顺便点亮我们的游戏。但其实一直到游戏结束都没有孩子能发现它。只有一次，三百姑娘剪了一个糟糕的刘海，对一切视线都非常敏感，她注意到了角落里的金甲虫萨木巴。只有那么一次，只有一个紧张兮兮的孩子注意到了它。日迪，你知道蚕吗？雪白的蚕，紧紧趴在桑树细枝上，当我们路过它的时候脚底就会感到疼痛。回到家后我们脱下鞋子，会发现脚底上满是细小的伤口。”

“为什么，达达？”

“因为它太可爱了，我们注视着它，忽略了脚下。可是伤口会带来疼痛，但金甲虫萨木巴不会。我们专注于美好的事物，忽略了它，也不会受到伤害。金甲虫萨木巴永远——永远不会给我们带来伤痛。”

“它爱着你们，达达。”

“它不会允许我们伤害其他的生命。它很少生气，如果它生气了，一定是因为我们欺负了其他的小动物。‘我比你们大得多，可我从来不欺负你们。’他说。萨木巴真的很棒，它心地善良，教会我们放慢脚步，教会我们少说话，教会我们在正确与善良之间选择善良。萨木巴是我们的太阳。”

蓝蜻蜓飞过了一片安静的地段，只有挖洞的小狗弄出了一些动静。它们的身下是一大片湿润的青葱，发出辛辣的香气。孩子们撑着伞，抬头看蓝蜻蜓，他们的脸蛋湿漉漉的。只要孩子们回到家，推开房门，就会有一条柔软干燥的毛巾擦拭他们的脸蛋。已经很温暖了，大雨也变成了毛毛细雨。蓝蜻蜓日迪感到达达撑在它背上的小手开始变暖了。太好啦，日迪开心地想——达达不会感冒了。

达达继续说着：“萨木巴有时候会变得很大。它脚上的短袜会变得不合脚，它会变得怎么吃都吃不饱。那时它会无法入睡，看着探照灯光在上空扫来扫去，在二十四小时的便利店里买一点东西。它是金色的、庞大的，就像太阳掉在了人间。当金甲虫萨木巴变大时，它就不怕羊圈了，因为这个世界上没有能装下它的羊圈。外地人以为它是一大块金子，要开采它。它只抖了抖脚，那些人就被吓跑了。当它变大时，我们顺着它的腿往上爬，要爬上两个星期，才可以到它的背上。它会很伤心，因为它无法亲吻我们了。

因为庞大的身躯，萨木巴走起路来摇摇晃晃，却可以准确无误地踩灭地上还在燃烧的烟头。”

“那当然，达达，它曾经是一位优秀的猎食者。它非常强大。它发达的大颚可以扭断一棵树。它的……”

“因为我们，它变得软弱了对吗？”

“不，达达，你为什么这么想？”蓝蜻蜓吓了一跳，赶忙问达达。

“羊奶、摇篮、一群叽叽喳喳的孩子——它爱我们，所以变得软弱了吗？”

“不——不，听我说达达——因为它爱你们，它变得更强大了。为了让你们健康成长，为了不让任何人惊扰你们，它无所不能，它可以倾尽所有。”

“我知道了，日迪。”达达点了点头，她继续回忆着萨木巴，“萨木巴总是镇静而又高深莫测，它的语法从来不会出错。萨木巴不仅会说蒙古语和甲虫的语言，它还会说俄罗斯语和日语。它会唱南方的歌曲，它会吹笛子。它总是很前卫，会给我们泡柠檬水喝。萨木巴给我们每个人都画了一张素描，可惜有一个小孩子不小心将那些素描当成馅饼吃掉了。”

“哦，太可惜了。”

“萨木巴教会了我们道谢和道歉。如果没有它，我们会一团糟的。我们的塔塔姑娘喜欢用黑色的草制作鞋子，说实话，那实在是太难看了。我们嘲笑她，萨木巴批评了我们——‘永远不要嘲笑你们不理解的事物。’它是对的，日迪——后来我们才知道她是在给乌鸦做鞋子。那只乌鸦不想让人知道它穿了鞋子，所以塔塔姑娘选择了黑色的草。再次感谢萨木巴——感谢它递给我们的太阳。”

“你爱萨木巴吗，达达？”蓝蜻蜓日迪问。

“当然。我是它的孩子——也许它是妈妈，也许是阿爸。那无所谓——我爱它。”

“你会忘记它吗，达达？”

达达认认真真地想了想，郑重地回答道：“我会的，日迪。”

蓝蜻蜓日迪感到有些震惊，它没想到达达的回答会是这个。

“达达，你真的会忘记萨木巴吗？”

“是的，日迪，我会的。”达达不厌其烦地重复着，雨水顺着她的脖子淌下，“我会忘记所有的夏季、所有的午饭、羊的叫声、黑色的鞋子，忘记雪白的蚕为我带来的细小伤口，我敬爱的萨木巴，我可爱的萨木巴——我会忘记的——随着我进入土地，我会忘记一切。但我可以将它们留给下一个达达——就像金甲虫所做的那样。”

“那么，达达，你知道金甲虫死后去哪里了吗?”日迪好奇地问达达。

“我想我知道了，日迪。正因为我知道了，所以我才会忘记它。”

“它在哪里?”

“日迪，你能记起最初的记忆吗?”

“我不能，达达。”

“我也是，日迪，谁能记起最初的记忆呢，又有谁能留下最后的回忆呢？萨木巴死后去了哪里呢？它在有磁铁的地方，在蜜蜂们生活的地方，在所有的颜色里——复杂的、简单的，甚至是根本不存在的颜色里。它还在我的脑海中，我的记忆里，我说出的每一个词，我踏出的每一步，我所做出的每一个决定里都有它的身影。它依旧存在于它留下的一切事物和回忆里。在每一株植物，每一滴雨水，每一粒尘埃——或者我们呼吸的空气里。因为它的死亡——将会有更多的生命和回忆诞生。”

在日迪的惊叹声中，达达俯下身亲吻日迪的背，她又改变了自己的姿势，猫儿一样趴在它的背上——蓝蜻蜓感觉达达像世界上最柔软的丝绸一样铺在了它的背上。日迪在心中为“智慧达达”鼓掌，“接下来能和达达一起生活真是太好啦。”它开心地想着，幻想着未来的美好生活。

蓝蜻蜓和达达最终飞到了它们的目的地。蓝蜻蜓缓缓下降，停落在地上。达达从它的背上跳了下来。蓝蜻蜓指了指不远处湖中心的红色小房子，说那是我们的家。达达欢呼着跑了过去。当达达跑到湖边时，她停下来，低头观察着湖水，双肩上落满了褐色的麻雀。蓝蜻蜓日迪发现达达脚下的那抹忧郁的金色影子消失不见了。

雨停了。太阳从乌云后面探出脑袋，阳光照在达达湿漉漉的头发上，折射出缤纷的色彩。蓝蜻蜓日迪不禁再次感叹——雨水怎能抹去太阳在一个孩子身上留下的痕迹呢?

去看乌嘎跳舞

这天，一只鸭子混入了索布德[1]的羊群，而稳重的绵羊们则不惜一切远离它。牧羊犬视它为敌人，冲它吠叫。羊群里的气氛变得剑拔弩张。

索布德意识到，这只鸭子不是一个骗局，更不是在开玩笑——因为它站在羊群的正中央，就像一位正在等候贿赂的人。索布德冲它泼水，想赶走它。但是水从它的背上淌下了，它满不在乎地抖了抖羽毛。或许人们可以用泼水的方式让泥地上的老鼠抓痕消失，但同样的方式对鸭子是无效的。它轻蔑地对索布德说：

“索布德，很多动物都不怕水——比如我，比如你的

1 索布德，意为珍珠。

羊。但是大多数动物都怕火，因为火是一种过程。”

“你说人话，太奇怪了。”索布德说。

“长裤和短裤的区别是一些布料。鸭子和人也是。”

“你吓到我了，你应该离我远一点。”

“能说出这种话的人，有百分之九十九的可能性是个天体文盲。”鸭子咳嗽了一下继续说道，“别赶我走，我的索布德。我不想单单在口头上将你唤作己有——我会跟在你身后，至少这件事我可以做得很体面。你不能错过我。”鸭子毫无疑问地给了索布德一个崭新的身份，但索布德对自己的新身份浑然不觉。鸭子嘎嘎叫着要求一切都变得对自己有利。索布德满腹忧伤，却还是把它领回了家。

索布德的哥哥名叫巴图兆日歌。他在寒冷的北地工作，脸颊是紫褐色的。当巴图兆日歌看到自己的妹妹身后跟着一只摇摇晃晃的鸭子时，露出了辛辣的表情。

“索布德，你身后有一只鸭子。”他是一块难啃的骨头，无休止地凝视着这只鸭子。

“哥哥，我在羊群里发现它，就把它带来了。”

“牧羊犬不会同意的，它已经很忙了。”巴图兆日歌举起左手做出拒绝的手势。他没有食指，从他食指的空缺处，可以看见他的蛇皮围巾和远处枯萎的玉米田——那是一小块长方形的风景。

“哥哥，鸭子不用带出去，养在家里就可以了。”

“那就让它待在家里吧。不过别让它跟着你。”

“为什么？”

“它像个流氓。”巴图兆日歌的质疑无法被编码。事实证明，他看错了——鸭子自打住进来后就再也不跟着索布德了。它寸步不离地跟着巴图兆日歌，有时还会替他点烟。当巴图兆日歌准备晚餐时，它会变得多愁善感，站在厨房门口驻足静听锅铲的动静。更加令人难以置信的是，鸭子可以令引擎永远轰鸣，可以很好地烹饪毒海葵（但没人敢吃），它甚至为当地的骨科手术的进步牺牲了自己的脊椎。索布德不懂它——当人们近距离接触鸭子，就会发现自己的知识体系简直疮痍满目。鸭子毫无怨言地跟了巴图兆日歌两年。它经历了千辛万苦，为他日夜操劳，脚蹼被磨没了，还差点患上风湿。逐渐地，巴图兆日歌放松了警惕，不再管它了。当他心情好的时候，会大发慈悲地摸一摸它的脖子。可是当鸭子靠近索布德时，巴图兆日歌依旧会用马鞭赶走它。

有一天，巴图兆日歌因为有事要离家三四天。他很少长时间离开自己年幼的妹妹。对巴图兆日歌来说，让他离开索布德就是让他退出某种文化。巴图兆日歌走之前将鸭子锁在了自己的房间里，并用断指堵住了锁眼。巴图兆日歌再三叮嘱自己的妹妹，不要打开那扇门。

悲惨的事情将要发生！

巴图兆日歌走后不久，鸭子就嘎嘎叫着跑进了索布德的房间，路途中撞翻了好几口炖锅。索布德看见哥哥房间的门被砸烂了，锁头也不知飞去了哪里。一只鸭子嬉闹得何其放肆，竟然有公牛的气力，索布德预感到一种粗暴的交涉即将来临。鸭子站在索布德的床旁直视她，嘴巴上显露着男人剃过胡须的痕迹，尾巴下耷拉着一条螺丝锥。有什么要发生了吗？索布德蜷缩在床上，凝视着它身上那些仿佛淋巴疤痕般的褐色条纹。“它用了太多褐色。”她在心里想着。

“当家的，我们必须聊一聊。”它低声下气地说。在这短短两年的时间里，它已经变得足够卑躬屈膝了。

“哥哥让你离我远点。”

“他是稀世的恶棍、暴君和极端气候。索布德，你才是这里的主人。你应该满怀不满，用力反抗。”

“我听不懂你说话，你还是嘎嘎叫吧。”

“你要听一个秘密吗，索布德?”鸭子说起话来，好像是在给索布德挠痒。这招百试百灵。因为“秘密”是孩子们的甜奶酪，他们一听到“秘密”这个词，就会乖巧地跑进你的怀里。这些引诱孩子们的“秘密”，像工蜂一样守护着自己的童贞，它们可以生存，而且无须任何尺度。

索布德果然好奇地问:“是什么?”

“乌嘎。”鸭子小声说道。它向索布德走去，将自己的脑袋卑微地放在了她的膝盖上。索布德摸了摸它的脖子，这是她第一次摸它。索布德闻到它羽毛上发出的湿漉漉的味道。因为它是一只鸭子，所以当它传出这种味道时，人们觉得它可爱。可如果它不是一只鸭子，这种味道就有点可怕了。

“乌嘎是什么?”

“乌嘎在北边。她明晚要跳舞了。看她跳舞，你就会忘记一切烦恼，每天都开开心心的。”

“乌嘎在哪里?”

“得往北走。”

“要走到哪里?”

“越往北，熊的颜色越浅。在颜色最浅的熊生活的地方——她在那里跳舞。”鸭子说完就走了。它还替索布德关上了门。

可是它那么小，碰不到门把手，是怎么把门关上的呢?

鸭子走后，索布德一直在想乌嘎的事情。鸭子只说了乌嘎在北边，乌嘎在晚上跳舞，乌嘎和熊。可是“乌嘎”到底是什么它并没有告诉她。放羊的时候，索布德也在想乌嘎。未曾谋面的乌嘎强烈地吸引着她。索布德在自己的大脑里虚构出了一个“乌嘎”——她是个漂亮的女人。乌嘎喝着羊奶长大，比北极熊都要强壮，挥洒的汗水可以像苔藓那样变老。她同一屋子的男人玩牛蛙那么大的纸牌，甚至可以喊出所有人的名字。她有可能几乎全盲，分不清白天和黑夜。乌嘎也许有着晶莹剔透的大腿骨，是个通情达理的人。她的脚掌上有菊花、岩石堆和柳条，后背上生长着摩天大楼。她给予和获得爱的方式就是跳舞，用热情洋溢的舞步欢迎所有到来的人。乌嘎可能是一位有着大智慧的圣人，正因如此她的舞蹈才可以震撼人心，令人忘却烦恼。如果索布德将自己想象中的“乌嘎”画在纸上，那索布德定会因滥用色彩而入狱的。乌嘎在索布德的想象中不断变换着色彩，她仿佛成为了一位能力惊人的主宰者，令索布德心生敬畏，并诱使索布德勤勉、细致地工作。那天的牧羊任务索布德完成得很好。一只以离别镶边的老羊将账户余额和密码告诉了她，还提醒她要“时刻保持前卫”。

索布德赶着羊群回家。发现鸭子一直站在门前等她，它已经做好了晚饭。这只鸭子漫长恼人，逼着人一头扎进穷冬的暴风雪中。它手提卤素灯，逼着你远离自己的安全港，然后在你的后脑上一寸一寸地往上挪。吃完晚餐后，索布德将自己的想象讲给鸭子听。鸭子听得津津有味，等索布德讲完后，它才恭恭敬敬地说：“从想象到决心，孩子就是这样长大的，索布德。”

索布德闷不作声地看着鸭子熟练地收拾碗筷。想象中的乌嘎在教她怎么用牙刷清洗帆布袋子，还把锃亮的皮鞋脱下来，给索布德展示自己的锈灰色的袜子。

“你想去看吗？索布德，你想去看乌嘎跳舞吗？”鸭子打断了她的思绪。

“哥哥回来了，我们就去看。”

“你不能带着你的魔鬼哥哥。如果你不小心告诉了你的哥哥，乌嘎令人开心的魔力就会消失。你会遵守约定吗？”

“我年纪太小了，还不可以开车。我一个人去不了那里。”

“索布德，你只需要告诉我——你想去看乌嘎跳舞吗？”

想象中的乌嘎突然开始跳舞了，她一边跳，一边呼唤索布德的名字。索布德没有应她，她就跑去打牌了。乌嘎在每张扑克牌上都写下了索布德的名字——一共五十四颗“索布德”，可以穿成一条项链。鸭子围着她转圈，它嘴里依旧在说些奇怪的，她听不懂的话。当索布德回过神儿来时，发现鸭子将脑袋放在了她的脚背上。索布德蹲下来摸了摸它的脖子。她想看乌嘎跳舞，想要乌嘎亲吻她，而不是用她的名字穿珍珠项链。最终，她点头了。

“晚安，索布德。我们明天就出发。”鸭子欣慰地说。

到了明天早上，索布德走进厨房，发现鸭子并没有在煮奶茶。它正抖动着尾巴，哼哧哼哧地将一麻袋有着一圈艳红斑纹的仙人掌搬进厨房。奇形怪状的仙人掌挤在麻袋里，像一群红色美洲豹在互相枕着打瞌睡。索布德意识到大事不妙，她对着鸭子大声呼喊，让它丢掉仙人掌。

它好像没听见索布德在说些什么，执拗地把仙人掌一个个叼出来，甩进了不锈钢水槽里。

天啊——索布德抱起鸭子，拔腿就跑。但来不及了！仙人掌和不锈钢摩擦出火花，吱吱作响，水槽被压缩，索布德的世界里热闹得犹如迎来了一群苦味酸和雷汞——厨房立刻被炸个粉碎。索布德直接被炸到了一楼，在茶几上滚了好几圈。她艰难地睁开眼，一团火焰扑过来，烧坏了她的脸。它们咬住索布德的耳朵，将她拽下茶几。索布德被烈火吞噬，和浓烟挤在一起，像是进了发烧的绵羊群。她躺在地板上，痛感被子一样盖在她身上。鸭子说得没错——大多数动物都怕火，因为火不是一种物质，而是一种过程。索布德看见鸭子躺在她旁边。它羽毛浓密、营养良好，身上的火焰竟然是天蓝色的。高压绝缘手套也不能捞起它。索布德已经无法移动，只能想着人们什么时候才会顺着浓烟赶来拯救她和鸭子。索布德百无聊赖，轻弹自己黑色的肌肉，竟然依旧能听见它们那强韧且充满生气的回响。

当一大群人赶来时，索布德差点被烧成炭，被大人们抬出来后立刻臭烘烘地吐了一地。鸭子在两个小时后也被搬了出来。勇敢的人靠近它，在它身上灵敏地加热玻璃，想做出一件工艺品。鸭子已经死了。人们冲死鸭子竖大拇指，夸奖它，说这个疯狂的举动，在另一方面显示出了它对家庭的巨大的忠诚。

或许是因为索布德闪烁着独有的新人（活人）光芒——大家把她团团围住，为她标注了无数的感叹号。有人拿来了酒店里只够成年人刷两三颗牙齿的一次性牙膏，打算救索布德的命。还好拥有智慧的人总是在人们需要的时候及时出现。一位姗姗来迟的智者严厉地批评了他们，义正词严地表示，索布德现在应该被送去医院。

可悲惨的事情再次发生了。一只更老的鸭子抱着索布德的水槽走了过来。它又直又高，穿着灰不溜秋的保暖裤，戴着硬邦邦的花边帽，衰老的脸给了人们一种动人的保证。“她只是被烧毁了皮肤，不需要去医院。”它说。大家纷纷表示赞同。可是索布德看到一条狗凑过来嗅她熟透的肝了。索布德被烧毁的可能不只是皮肤。

“桃子皮最接近少女的皮肤。我可以提供一些桃子，给孩子新的皮肤。”

索布德感到恼火，因为它的表情看起来简直就是活生生的一句话——“把谨慎统统丢掉吧！”

后来发生的事情令人感到不可思议，也不断提醒着索布德过度相信“鸭子”的经验将带来的可怕后果。这群人围着索布德剥桃子皮，然后把桃子皮全部粘在了她的身上。他们选了青里泛白的水蜜桃，桃子皮上裹着的一层细小的绒毛令索布德打喷嚏。不多久，索布德的身上不仅多了一层桃子皮，还多了一层鼻涕和灰褐色的桃小食心虫。“我还不是个少女，我只有八岁。为什么鸭子要给我桃子皮？”索布德绝望地想着。

当索布德从瘙痒和疼痛中缓过神儿来时已经中午了。她在地上翻滚，妄想蹭掉身上的桃子皮，但根本没用。那些桃小食心虫在苯醚甲环唑的滋润下个个成长得虎背熊腰，沉甸甸地压在索布德背上，令她感到焦躁。索布德想翻身压死它们。可它们竟然指着她的鼻尖齐声大喊道——“你这个狠心的母亲”，索布德只好停止了动作。

她饥肠辘辘，拿起地上被抛弃的桃子果肉塞进了嘴里。水蜜桃果肉在夜晚的烹饪下犹如森古日啤酒般沁人心脾。

她咽下桃子时听见身体深处传来了打破玻璃的声音——这是令人沮丧的声音。不仅是她的肝，她的胃也熟透了。如果不是桃子皮的营养维持着索布德的生命，她可能早就死去了。桃子皮在此刻更像是必要条件，而非充分条件。索布德应该算半个奇迹，如果有人错把她当作桃子吃掉的话，他应该向世人道歉——“请原谅我，我不小心吃了一个珍稀动物。”

被烧死的鸭子也许被某个人带走做成晚餐了，索布德找不见它了。她从羊的账户里取了一些钱。索布德原本想打车去看乌嘎跳舞，可是因为她把钱攥得太紧，身体残留的高温将纸币烧成了灰。纸币的死亡宛如一道突如其来的光束，照亮了她灰蒙蒙的大脑。索布德拍下手掌里的灰烬，清楚地知道自己永远都不能看到乌嘎跳舞了。她不可能在天黑前走到最北端。也没有人会把一个披着桃子皮的小家伙拉上车。如果索布德是一个力大无比的人，将世界对折，就可以一步跨到最北边了。

索布德顶着中午的大太阳向北走。她头顶上是无边无际的天空，脚下的泥土像海绵般充满水分，坚韧的小型牛到处走动，不多久就被泥土吞没了。代替它们的是一群年轻且脂肪储备明显不足的刺猬。它们不知是从哪里冒出来的，轻快地在泥地上行动。索布德抬头看天空，被它异想天开的上色方式惊艳了。令人联想到纸张的蓝色铺满天空，如同生物般灵动的银色混在其中。风一吹，银色便陷入占据主导地位的蓝色之中，成为了一种无法被调和的误解。索布德脸上的桃子皮滚烫如油锅。她挠了挠瘙痒的皮肤。索布德也许到了硬币背面的世界，这里的一切都令她感到陌生。烈火烧坏了她的眼睛吗？

索布德走动时，烧焦的肉吱吱作响。

一个男人一直走在索布德前面。他有些瘦削，肚子却很肥大——看起来像一件成熟的告别作。他戴着扁平的窄边草帽，背着沉重的背包，嘴里哼唱着令人作呕的歌曲。这些恶心的歌词和曲调敲打着索布德的胃，她感觉晕头转向。于是他唱了一路，索布德吐了一路。她边呕边发出玻璃破碎的声音，中午吃的桃子铺满了马路。男人终于不唱了，回头看她。索布德闻到他身上溪水的潮湿味道，似曾相识。

“你在唱什么？”索布德问。

“我在歌唱我的顺服之心。”

“你会要了人命的。”

“你是什么品种的桃子？”他走过来，轻轻抚摸索布德身上的桃子皮。

“我不是桃子。我叫索布德。”

“我叫吉达。你这是要去哪儿？”

“我要去北边。”

“那一起吧。”他模仿索布德的节奏，和她并排走了起来。

吉达问索布德为什么变成了桃子。听她讲完后，他摇头直叹气：“索布德，无所不知的本地鸭会让你吃尽苦头。这是阴谋，因为它是在你哥哥离开后才动手的。”索布德因为全身上下都疼，走得慢吞吞的。吉达询问她需不需要帮助。

“不不，我没关系。”索布德说。

“这世上的伤心事儿可真多，”他说，“就像昆虫的翅膀总是成对地出现，我们的痛苦和喜悦总是如影随形。不过，鸭子为什么要烧了你的房子？”

“因为它把我当作过滤器来用。我们原本要一起去看乌嘎跳舞的……”

“你说你要和鸭子去哪儿？”他问。

“去看乌嘎跳舞。”

“她在哪儿？”

“在颜色最浅的熊生活的地方。今晚——她在那儿跳舞。看她跳舞就可以永远开开心心的……”

“这太令人向往了！可是索布德，你要走着去？不可能的，天马上就黑了。”

“我知道我见不到乌嘎了，吉达哥哥。”当吉达靠近索布德时，她注意到他的皮肤如陶瓷般闪烁着美丽的光泽。它有着令人心生不快的蒙昧感，却荡漾着某种近乎邪恶的童趣。吉达的皮肤与普通人的皮肤之间有着一丝微妙而犀利的差异。与其说那是活人的皮肤，不如说它是一个吸顶灯的反射。

吉达的皮肤，可以用来削铅笔，也可以用来制作内衣。

“为什么？”索布德触碰他的皮肤。

“我的皮肤来自大马坎矿。”他说。索布德被他的皮肤吸引，不慎被地上奔跑的刺猬绊倒，脸贴上了泥土。泥土是热的。天气越来越热了。燥热的风在正午吹来，同索布德互道午安。她的膝盖开始肿胀，她感到不谨慎和不健康。

吉达却面色如常。他仿佛没有发现异常。吉达将索布德拉了起来，默不作声地为索布德搭建了一个沉默的、巧诈的支点。他们继续向北走。

“吉达哥哥，我们在向北走吗？”

“是的，索布德。”

“吉达哥哥，越往北，天气越冷，熊的颜色也越浅。乌嘎在颜色最浅的熊生活的地方跳舞。”索布德停下了脚步，她意识到了什么，恐惧令她瑟瑟发抖，“吉达哥哥，我们是不是走错了？”

“也许我们在向南走。”吉达回答道。

“吉达哥哥，如果再走下去，我身上的桃子皮会在高温中腐烂。”

吉达拉住了索布德的手臂，拖着她向前走：“这是个笑话。”索布德拼命挣扎，再次摔倒在地上，手臂上的桃子皮被他扯下了一大块。索布德身上的烧伤在携带着沙子的风的吹打下越加疼痛。索布德热得直冒汗，汗水流淌在桃子皮上，带来了更难耐的瘙痒。她绝望地蜷缩在地上，拒绝接二连三的折磨。或许就如吉达所说——这是个笑话。毕竟每一个极端例子都可以成为一个笑话。而这些笑话则像是一个个被踢出去的香蕉球一样被机敏的人接住了。

“索布德，我对长生天发誓，这就是北。”吉达为扯下了索布德的桃子皮这件事感到很抱歉。他再次将索布德扶起来，尝试着把桃子皮重新粘回去，但失败了。

索布德擦拭着脸上的泥土，鼓起了勇气。可是吉达竟然毫无预兆地重新开始唱歌。他在唱“公蟾蜍陶醉在爱里，压死了母蟾蜍”。或许坚持也是施虐者的特质。索布德再也无法前进半步，趴在地上呕吐，呕出的却只有酸水。吉达的声音越来越小，他已经走远，这次他没有回头，消失在了北方的风沙中。“吉达?”索布德冲他消失的方向大喊，没有人回答她。索布德的喊叫声令公刺猬们跑得一干二净。母刺猬们没有跑远，聚集在索布德身边，用一副茫然自失的样子看向她。它们以为索布德将要生孩子，不断提醒她这里不适合产子。

“孩子是很重要的。”它们喋喋不休。

“那干脆就把孩子放进保险箱里去吧。”索布德说。她看着满地乱跑的刺猬和它们手指头一样的粪便，意识到死去的往往都是生命。索布德想看乌嘎跳舞，此时她只能带着熟透的内脏，披着桃子皮寻找她，就像在用不适合的工具干活。苍蝇被果香吸引，在她周围扇动翅膀，刮起的风儿吹得她的胸膛如松针般冰冷。

“索布德！”

一辆破旧的、霜冻色的小轿车停在了索布德面前。吉达从车窗里探出脑袋呼唤她。索布德上了车。

“吉达哥哥，我以为你已经走了。”

吉达发动了车子，“我是打算走的，我说过的——无所不知的本地鸭会让你吃尽苦头。你的鸭子用一麻袋仙人掌炸了你们的房子，一只老鸭子给你桃子皮，催熟了你——真是疯了。而你满口胡话，可能随时爆炸。但是，我要把你送到乌嘎那里去。我唱的歌可以令腌渍的鱼跳起来，可以让鸽棚内开花，可是你听完却吐了。我必须看着你，因为已经有无数个苍蝇围着你转圈了。”他的语速惊人，急红了脸。

“吉达哥哥，你是从哪儿得来的车子呢？”

“我打个比方，如果你做高空采摘的工作，你就要有这种决心——你会掉下来。索布德，我接下来要说的话绝无贬低之意——有些人以为自己永远不会掉下来。你弄懂了吗?”

索布德透过车窗看地上的刺猬，发现它们连成了一条褐色的线。虽说刺猬们成为了一条线，可它们优雅而独特的眼神却依旧清晰，这股力量促使这条荡漾的褐色阴影耸立成了一幅扎实的油画。索布德低声说:“你说的话比鸭子说的话都要难懂。你根本没有回答我的问题。”

“没什么稀奇的。我向北走了不到百米，就发现了这辆车子。它被将军埋在了沙子里。”

“你是怎么发现它的?”

“靠着放肆的好奇心。索布德，我在路上想了想，仙人掌为什么会爆炸?可能是因为它把多个胚胎装入一颗种子里了。不是仙人掌，是仙人掌的种子炸了。你说对吗?”

“也许。”索布德的声音听起来有点不对劲。吉达握着方向盘飞快扭头看了索布德一眼。汗水一直在顺着她的鬓角流下来。他听见索布德的牙齿在打战，发出象牙台球相互撞击时发出的声响。吉达甚至可以闻到她身上散发出的痛苦味道。听说人在中年时嗅觉最为灵敏。吉达觉得自己并没有太糟糕的体味，可十几年前他在征兵体检上因为“体味过浓”而被认为不合格——一定是因为医生们都是中年人。吉达年纪已经不小了，人们总是因为他光滑的皮肤而误认为他年纪轻轻。他没有告诉索布德她理应喊他“叔叔”，他喜欢索布德喊他“哥哥”。就像新生婴儿对盐溶液不感兴趣一样，他觉得“叔叔”这个词是咸味的，你得惴惴不安地靠近它，防止它提醒你——你已经不再年轻了。牙齿打战的声音消失了，吉达发现索布德咬着牙，直直地注视着前方。

车子一直没有停。天气越来越热，刺猬越来越少，响尾蛇们围坐在一起吃烤肉，旁边是一沓摇摇欲坠的盘子。索布德以为北边会下雪的，但没有——这里尘沙乱飞，仙人掌长势良好。索布德嗅了嗅自己的手臂，果香越加刺鼻了。香气最浓重的地方甚至压垮了皮肤，因此而产生的微小坑洞，就像破碎的小型锅炉，锅炉里沸腾的是柔软的桃子胎发。蝇虫隔着厚厚的窗玻璃闻到了这味道，砰砰撞着玻璃想吃掉她。不多久，窗户上就布满了浅灰色的印记，玻璃狭窄的凹槽里也挤满了死苍蝇。索布德看着外面凄凉的沙漠，再次肯定自己见不到乌嘎了——乌嘎在颜色最浅的熊生活的地方跳舞。这里根本没有熊。

吉达让她看太阳：“你看太阳，索布德。我们在向北走，这是正确的方向。我们快到了。”索布德没有说话。

人们总是认为两场灾难之间有很大的空隙。事实上不是的，它们接二连三。因为吉达车技惊人，所以高速行驶中的车子并没有碾轧到刺猬，但是吉达忽略了灾难的源头——仙人掌的种子。索布德感到车子似乎颠簸了一下，一声巨响，车子就被炸飞了。玻璃被震得粉碎，玻璃碴溅得到处都是。座位也被烧得焦黑。这是多么大的种子啊，可以撼动汽车。索布德在车子里被砸得头昏脑花，周围稀薄的空气闻起来像熨斗。车子开始着火，索布德的桃子皮很快就被烧光了。这世界上的大多数东西都是无法恢复如初的。索布德用狮子的气力推开车门，钻了出去，又用沙鼠的巧劲儿在沙子里滚了一圈，灭掉了身上的火焰。吉达那边的门也被推开了。他呻吟着钻了出来。

“啊，如今的种子越加狡猾了。”吉达按着闷疼的脑袋，他喋喋不休，“它们见风使舵。索布德，它们在风中伪装成废品，可是哪怕世界倾斜，它们也能站在最后一粒灰尘上向大自然索取生活费。”

“吉达哥哥，你怎么没有着火？”

吉达捏起了自己的皮肤：“它结实极了。”

吉达见太阳快要落山了，知道怎么着急都没用了。吉达摇着头坐在了地上，索布德也挨着他坐下了。小小的脑袋无力地枕在他的肩膀上。她似乎在啜泣，这个小可怜。吉达看着光裸裸的索布德唉声叹气："你现在连桃子皮都没有了。"

"我哥哥……"

"可惜，现在只剩下没用处的吉达哥哥了。索布德，我无能为力了，天要黑了，车子坏了……"他看向不远处燃烧的小轿车，再次叹了一口气。靠着他的索布德一声不吭。吉达捏了捏索布德的小脸蛋，手指上便粘上了血。吉达又拍了拍她的肩膀，手掌上也粘上了血。他压低身子看她的脸，发现索布德闭上了眼睛。

"索布德？"

索布德更适合"茁壮成长"这个词，而不是"裸露"或者"疼痛"。她理应发出让人感到满足的酵母味儿，而不是猪肉铺子里的血腥味。吉达假装若无其事，打了一个虚假的哈欠，仿佛他根本没有发现索布德已经像鱼儿入网一样被死亡捕获了。

错不在他。你不能总是陪着孩子，吉达想，孩子的消化系统或许可以做到这一点，但是你不能。有时你只是眨了一下眼睛，孩子就跑到摆满坏家伙的柜子底下去了。

吉达继续哼唱着他那“可以令腌渍的鱼跳起来，可以让鸽棚内开花”的歌曲。也许事实并非如此，但吉达强调它的真实性，他甚至有足够的能力，可以令社会以一种微妙的方式重申这个事实。刺猬们全部跑远了，它们听他唱歌，不小心失去了自己宝贵的原色，变成了苹果花的浅粉色——这几乎是为刺猬们做了绝育手术。吉达没有停止歌声，他通过歌唱可爱的女孩来寻找属于自己的出口——这个出口可以是一扇具体的门，也可以是以海市蜃楼的形式出现的间接出口。

吉达看见一个男人从北方走来。人们看远处的物体时，眼球处于放松状态，所以当那人逐渐靠近吉达时，他感到眼球旁边的肌肉紧绷起来了，同样紧绷的还有他的舌根。来人穿着厚重的冬装，全身都像交通工具一样硬邦邦的，宽大的手掌可以为西瓜遮阳。吉达发现他的脸被冻伤了，上面鲜艳的紫色就像在冲他咆哮。

“老天。”吉达深深吸了一口气，捂着脸全身发抖。沙漠里的响尾蛇爬上了吉达的后背——也许是不安，谁知道呢？他立刻下定决心，站起来将索布德的尸体丢进了燃烧的汽车中。烧焦的轮胎味盖过了尸体燃烧时发出的气味。那辆霜冻色的汽车在与它毫不搭配的红色火焰中“酒后吐真言”，吉达能够理解它的情不自禁，因为在它的后座上曾经躺着一本亮闪闪的*COSMOPOLITAN*。吉达也开始了自己的“酒后吐真言”，因为紧张，血管在他的鼻头上显露。他感到自己过分寂寞了。当年给他体检的医生，正将他糟糕的体味一片一片晾晒在洗手间的绳子上。

错不在他。

巴图兆日歌靠近了，他看见一个奇形怪状的男人。那男人的皮肤如宝石般绚丽夺目。巴图兆日歌立刻就将这夺目的光芒铭记在心。不过使他印象深刻的，与其说是男人的皮肤与宝石的相似性，不如说是它们之间的不同——这个奇怪的男人竟然不是一块矿石，而是一个活物。

“车祸？”巴图兆日歌问。

“仙人掌的种子炸了。”

“节哀。我叫巴图兆日歌。”他走过来轻轻抱了抱吉达，用他那因为冻伤有些发烫的脸颊贴了贴吉达的脸。吉达想讨好巴图兆日歌，防止巴图兆日歌像削梨一样把他削成漂亮的小月亮。

“我叫吉达。”

吉达感到紧贴着自己的巴图兆日歌的肚子突然弹动了一下，巴图兆日歌摇着脑袋，胸膛收缩。他猛地结束了这个拥抱，弯腰捂着嘴巴干呕了一声。吉达拍了拍他的肩膀，想问他到底怎么了，谁知巴图兆日歌突然直起身，用自己还沾着唾沫的手狠狠扇了吉达一巴掌！吉达被打得晕头转向，被扇翻在地上。他夹紧了屁股，防止自己倒地的姿势过于难看。吉达首先感到火辣辣的疼，随之而来的是脸上黏稠的唾液。酒精、晒烟和酸菠萝的臭味，他意识到巴图兆日歌几乎是把胃酸呕出来了。很显然，巴图兆日歌的理性并不常常从包厢里站起来，摸索着下台阶，它只躺在那里，抱怨工作太辛苦。“巴图兆日歌也许和魔王波旬共用一个法律顾问。”吉达想。

“你为什么打我?”

巴图兆日歌将他拉起来，顺理成章地提起了吉达的手臂。他细细打量吉达的皮肤：“这可真漂亮。”吉达发现巴图兆日歌的眼中有泪水在滚动，泪水濡湿他的睫毛，它们看起来就像一双双举起的、黑漆漆的手。巴图兆日歌为什么要掉眼泪？吉达并不认为自己的皮肤有着可以打动这位暴徒的魅力。

“它来自哪里？”巴图兆日歌用衣袖擦了擦自己流出的鼻涕。

“它来自大马坎矿。”吉达松了一口气，因为巴图兆日歌并没有注意到车子里的索布德。

“我得把它剥下来。”巴图兆日歌说着，弯腰从靴子里抽出了一把刀。

吉达差点咬断自己的舌头。他感觉自己的胸脯逐渐隆起，恐惧如水蜘蛛一般在他腮帮子上滑行。快看那把威风凛凛的刀，它有个完美无瑕的鼻子。如果被它捅一刀，一定会疼得发狂。那个漂亮鼻子会像钩子一样卡在你的肠子里，当它被抽出来时，凄惨的尖叫声和肠子会一起从你的体内冲出来。吉达感到腿软，差点跪在地上。当面对刀子时，吉达会觉得自己面前正站着一个美人儿，因为他茫然失措，不敢呼吸。巴图兆日歌真是大坏蛋们的好榜样：想象力丰富、身体强壮——手中还握着武器。

“为什么？”吉达问。

“别这样问，我一直生疏于这些社交手段。”

吉达喘了一口气，他想冲巴图兆日歌发脾气，像一个正常的男人那样，但这个想法一冒出来，吉达就感到一阵凛冽的寒意蹿上了他的脑门。他再次开口时，声音听起来像是在撒娇：“那你能给我什么，巴图兆日歌？”

“吉达，你刚刚害死了一个人不是吗？”

“来了一条货真价实的狗。”吉达哀叹。巴图兆日歌不仅闻到了他身上的体味，还从轮胎燃烧的刺鼻味道中嗅到了尸体的味道。也许只要他穿一条到膝盖的泳裤，巴图兆日歌就能用鼻子推断出他到底咽了几滴海水。“这是一起事故，兄弟。我不是杀人犯。你明白的，我甚至是个好心人，我在帮助她。并不是车子炸死了她，她原本就要死了。”

巴图兆日歌缓慢地摇了摇头：“快别说了——老天保佑。”

吉达的脑子转得飞快，他揉搓着双手：“兄弟，你听我说。这臭味已经渗进去了，你怎么洗都没用的。你要一张臭烘烘的皮干什么呢？它会让你瘫倒的。与其削我，不如削桃子皮，那样还能逗家人开心。”吉达的声音填满了焦虑，他并未察觉到自己的回答有多么鲁莽。他此刻就如同一个裤兜里揣了冷肉的小偷，看到一棵山楂树都要向它强调自己的虚弱不堪。

“吉达，你想带着索布德去哪里?”巴图兆日歌提着刀问他。

他刚刚是不是提到了一个名字?

“索布德”这个词狠狠打了吉达一巴掌——这是今天第二个巴掌。老天——这一切发生得毫无预兆！巴图兆日歌就像是换了一个人。他也许是被弄疼了。舔瓷砖的狗之所以突然开始惨叫，是因为它被瓷砖的碎片划破了舌头。“索布德说过她有一个哥哥。”吉达感到身上的骨头都散了架，肠胃里起了一阵冷战，安全感也蹑手蹑脚地离开了——这可不是闹着玩的。他紧张地盯着巴图兆日歌结实的手臂和他的刀子。前一秒他还在调侃巴图兆日歌的“无理性”，可后一秒，他就因此而浑身颤抖了。如果这位死去的“索布德”是巴图兆日歌的“索布德”，那接下来会发生的事情就不言而喻了。

“我还有筹码。”吉达想着，谨慎地开口，“巴图兆日歌，确实有个人，可那不是索布德。”吉达用手按住肚子，感觉里面的东西要跑出来了。我是死虫了，吉达想。巴图兆日歌向他走过来。他几乎一脚踏入了吉达的狡猾区，巴图兆日歌每走一步，这片区域就摇摇欲坠。吉达推挤他，尝试着避开巴图兆日歌那黑熊一样猛烈的交际态度。他认为只要自己意志坚定，这片狡猾区的功能就仍然有复原的可能。可是巴图兆日歌依旧冲着自己选择的方向前进，“这人无论是捐钱还是抢钱肯定都是同样的干脆利索。”吉达暗叹。巴图兆日歌握着吉达的脖子将他甩开，吉达摔在地上，滚了好几圈，差点滚进火里。刺眼的火光逼得他眯起眼睛，眼睫毛在高温下翘了起来。这一幕似曾相识，吉达感觉有点渴了。他也许被蝎子扎到了，整个大腿奇痒难耐，但不失为一种美妙的痛苦，它为可能到来的死亡播下了机遇的种子。后来吉达才知道，那才不是什么死亡种子，他之所以感到瘙痒，是因为他流了太多的汗。

“吉达，你的眼睛一直在对我说——我杀死了索布德。索布德刻在你的右眼里，阴谋刻在你的左眼里。”

“你疯了，巴图兆日歌，你疯了！那根本不是索布德！你的脑子被冻坏了，不信你去车里看看，里面正在燃烧的到底是谁。”吉达捶着沙地怒吼。巴图兆日歌捂着脸摇头，他陷入了迷茫。他用指甲频频刮擦着刀柄，像是在刮鱼鳞。

机会来了！

吉达趁巴图兆日歌刮鱼鳞的空当，立刻起身，发了疯一般向北跑。他的动作快得惊人。“我得逃离这个疯子！”吉达求生的本能激励着他。如果乌嘎真的在最北边跳舞，那北边一定人满为患。他可以混入人群，而且他敢打赌，巴图兆日歌不会在那么多人的眼皮底下剥了他的皮。他在沙地上艰难地奔跑，风从他耳边呼啸而过。吉达不敢回头，他不知道巴图兆日歌是否跟了上来。吉达希望巴图兆日歌的心脏因为悲伤粉碎了。他跑得飞快，踩死了好几只刺猬，他已经丢失了开车时的机敏，再也发现不了脚下的刺猬了。

吉达一直在跑，上气不接下气，汗水刺痛他的眼睛。吉达闭上眼，感到一阵寒风吹向了他的脸。他睁开眼，发现自己竟然真的安然无恙地跑到了最北边。吉达目瞪口呆，他停止了逃命。吉达看见了大漠后的冰原和停泊在冰原体内的冬天，她不会扩张，是静止的，任由飞虫和人们进入她明澈的身体。白茫茫一片，气温低得惊人。这里空无一人，只有一架大型碎冰机和一辆卡车。恐惧和寒冷差点让他猝死。这是巴图兆日歌工作的地方——根本没有乌嘎。在这里神明也无法起舞。

“吉达!”

吉达扭头看见巴图兆日歌站在不远处,“他一直在我身后。”吉达想。他突然感觉不到恐惧了，有一种新生的空虚感促使他镇定下来，回答巴图兆日歌的问题。他因为剧烈的运动而喘气:

“呼……巴图兆日歌，索布德不是我害死的，但我得给你一个答案。她想看乌嘎跳舞。”

“什么?”

“鸭子告诉她——乌嘎在最北边，看她跳舞可以忘记一切烦恼。我们在路上相遇，我决定开着车送她——我只是个临时司机。”吉达感觉自己像个英雄一样被拷问着。

“原来是这样。不过鸭子欺骗了她，乌嘎不在最北边。”

“那她在哪里?”

巴图兆日歌走过来，给了他一拳，吉达倒在地上，掌下滚烫的冰块让他肌肉抽搐。他不敢乱动。因为吉达一动不动，所以有一只冰块蜘蛛跑过来在他的腘窝里结了一张网。吉达无法在痛击中展翅翱翔，他大概率像个刺猬，能够让人眼神转移片刻。当他被敌人攻击时，只会缩成一团，然后静观世事的迁移。巴图兆日歌耐心地回答他:

"吉达，乌嘎无处不在。在我小时候，我的额吉和我的父亲锁上了房间的门。我敲门问他们在干什么，他们回答我——我们要去看乌嘎跳舞。"

"可是白色的熊不是生活在最北边吗？"

"不，他们的床单是白色的。那句'看乌嘎跳舞就可以忘却一切烦恼'是我说的。我之所以那么说，是因为父亲和额吉看完乌嘎跳舞后，额吉生下了我的妹妹。"巴图兆日歌闷闷地说着。

吉达轻轻咂了咂嘴。这老套的故事像是一种不健康的调味品，廉价而刺激，他的口中开始分泌唾液，五脏六腑都为之称奇。索布德是巴图兆日歌的妹妹，他唯一的沁达木尼[1]，给他带来了孤独的幸福。吉达并不对巴图兆日歌感到同情。他敢保证，接下来巴图兆日歌必定将以一段废话取代另一段废话。因为他眼前的巴图兆日歌紧紧盯着他，仿佛要粉碎、揭露一切。

"吉达，她才八岁。"

看看——果然是一段废话！

---

1 沁达木尼，意为实现愿望的宝石，也可作为宝石的总称来使用。

“错不在我，巴图兆日歌。我说过了，她原本就要死了。”吉达拍着自己的脚背说。

“我要剥下你的皮。”

“你为什么这么执着于扒了我的皮？如果你觉得是我的错，如果你觉得我是造成这一切的大罪人，那你就直接杀了我吧，兄弟！”吉达绝望地大喊。他突然止住了喊声，痛苦地按住了自己肥大的肚子。他肚子里翻涌，一种淡淡的哀愁笼罩着吉达的胃。他干呕了一声，扑倒在地上。吉达的膈肌猛烈收缩，他全身痉挛，张大了嘴开始呕吐，吐得像一支霰弹枪，嘴唇都发麻了。说起来好笑，今天所有人都在呕吐。吉达觉得自己此刻的呕吐并不算一种病症，而是魔术师的把戏，因为他竟然呕出了一只鸭子！鸭子被喉咙挤得变形，看起来像一片薄薄的葡萄干。它缩在地上抽搐，有一双聚精会神的大眼睛，鼻孔如一个缺口，从中能看到冰凉凉的天空——倒霉的氮气，它们将在地球爆炸后被太阳当作假发来出售。吉达回忆起了巴图兆日歌断指间的长方形风景。奇怪，他以前见过巴图兆日歌吗？

“你是只鸭子。”巴图兆日歌看了半天，突然开口道。

“鸭子！”吉达被这个事实逗笑了。吉达用歌声催眠世人，他以为自己是清醒的，实际上他也被迷惑了。吉达忘记自己的肚子里住着一群鸭子了，他以为自己是个正直善良的人。早已去世的父亲在他耳边猛兽般大喊："穿上你的运动衫!"这喊声鞭子一样抽在他身上。哦，该死的套马爸爸，总是用烧灼法结扎血管，烟抽个没完，发疯似的开车——还是小女孩讨他欢喜。他得回家找个温顺的挤奶器，将肚子里剩下的鸭子吸出来。然后……算了算了，管他的呢！吉达擦着口水，心无旁骛地瞪着巴图兆日歌。现在他不怕巴图兆日歌的剥皮刀了。来一万个巴图兆日歌他也不怕——你能拿一只鸭子怎么办呢？吉达尝试着摆出一些鸭子的姿势，看上去动作漂亮却稍显外行。吉达多年来一直在将肚子里的鸭子小心翼翼地从下面送出去，他从未出过岔子。这归功于他的大马坎矿皮和他那奇怪的歌曲。身为一个伪装高手，你不仅要懂点地质学，还要牢记"野蛮人的恩惠无用处"这个大道理。是他将索布德引诱过来的，用一个幼稚的笑话。但路途中出了一点意外——她死了。索布德，最小的一颗星星，笑盈盈地望着大自然，小脑瓜里充满了好奇和梦想。

他在听见巴图兆日歌的嗤笑声后，收起自己的鸭子造型，冲着巴图兆日歌做了一个“铁证如山”的手势——就像初次见面时，巴图兆日歌冲他举起拒绝的手势一样。可惜，这两个手势注定毫无作用。这个可怜人，将妹妹掉下来的牙齿保存在自己的膝盖里的可怜人儿——他的妹妹和那本《COSMOPOLITAN》一起被烧成灰了。巴图兆日歌的指甲也许都在掉眼泪。吉达越想越觉得可笑，他拼了老命地做出各种蠢动作，想逗巴图兆日歌笑。他们之间有了许多闲聊的话题。他们可以热热闹闹地哀号，最好大点声，让别人误以为是驴子的蹄音。

巴图兆日歌踢开了鸭子硬邦邦的尸体。他看起来冷静极了，也没有要殴打吉达的意思——也许索布德只不过是被弄皱了羽毛，而不是死了。“强壮却贫穷的男人都算是一种工具，你明白吗？巴图兆日歌，你自己一个人能干些什么呢？这里除了我没人能……”吉达挣扎着站起来，靠近他，发现自己只到巴图兆日歌的胸膛。他不禁幻想，如果巴图兆日歌成为他鸭子团队中的一员，那他就可以同时和五十四颗珍珠跳舞了。

“如果你认为自己是个人，那你走味了。”巴图兆日歌说。

“我感到很遗憾。”

巴图兆日歌拉着他的衣领，拖着他继续向北走：“道歉是要露肚皮的，吉达，这道理狗都知道。”

“不，巴图兆日歌——我没有在道歉。我只是感到遗憾，不能和她一起看乌嘎跳舞了。”吉达声音洪亮地强调某些词语，表现出极大的热情。巴图兆日歌在他脸上留下的，携带着胃酸的唾液在皮肤上紧绷地风干，他冷酷无情地对巴图兆日歌说，“你们这群蠢蛋，你们不可能永远陪在孩子身旁。这地方的天才们有一万种方式攥住你们的孩子。”巴图兆日歌一路沉默不语。他不打算用他的刀了。他将吉达拖到了碎冰机旁边，从碎冰机里挖出了一块冰锥。

“巴图兆日歌，鸭子们无处不在。我见过大场面，那真是突然体认。但是，你的……不，啊！”吉达被骇人的疼痛惊扰，鱼一样跳了一下。巴图兆日歌握着冰锥，用力捅破了他的肚子。吉达哽咽了一下，膝盖疼得反向弯曲。冰锥向吉达的神经细致地口述疼痛。吉达能感受到的只是言辞的技巧，它用消磨掉夏天的小把戏，骗得他团团转。吉达弹匣满满，从他早已淡出视野的嘴中，鸭子喷射而出。巴图兆日歌将冰锥丢在一边，用两只手扯开了吉达肚子上的豁口。竟然是“刺啦!”一声，听起来像上好的绸布。吉达发出了惨叫声，感觉自己的脊梁骨被疼痛震碎了。但是吉达错了，因为他只是一张皮，没有肌肉、没有骨头，甚至没有皮下脂肪。他的皮下只有一些假惺惺的内脏和鸭子。是幻觉吗？那些褐色的鸭子挤在一起，体态优美，蓬松柔软，它们悠闲地摆动着自己的脚和翅膀，橘黄色的眼珠仿佛吹弹可破。被扯坏的皮波光潋滟，弯曲如常春藤，与氧气产生了化学反应，变成淡红色，看起来像手背上结的痂。吉达到底要将人类的底线置于何处呢？他恶臭潮湿的味道，如带磁铁丝一般缠绕在巴图兆日歌身上。

幻象的背后是更为残酷的现实。巴图兆日歌看见一个清晰的火人在鸭群中浮现。随着它的出现，吉达的笑容变得暧昧。火人从鸭群里伸出了胳膊，撑在了地上的冰块上。它被包裹在红色灾难和可怕的疲倦之中。所触之处，冰块在迅速融化。在潺潺流水声和火焰燃烧的噼啪声中，有浓烟从它的狭窄的鼻孔里喷涌出来，火星像蒲公英的种子一样在它周遭飞旋。它何时披上了大马坎矿皮？

“你是索布德，还是一只鸭子？”

这世界上发生的伤心事儿，荒诞不堪，却浑然天成，它们在一道弯里出现，猛地攫住你，在你身上留下一条黑黑的裂缝。巴图兆日歌感到一阵疼痛袭来，痛楚紧箍在他的喉咙上，带着他升起又降落。巴图兆日歌仿佛睁大眼在昏黑的平原上前进，老朽的味道扑面而来，警觉的面庞在他身旁纷纷抬起。一列脱轨的火车在他脚下跌倒，一身横肉的羊齿类植物从车厢里倾泻而出，它们撞破了黑暗，却带来了虚无。一切都因此变得盲目和残疾。平原在植物的撞击中泛起涟漪，组成黑色的沟渠，在沟渠中巴图兆日歌发现了还是个婴儿的索布德。他弯腰想抱起她，却见黑色泥沙掀起巨浪，吞没了她。他被惊醒，呼喊着索布德的名字，这虚无的平原顷刻间崩塌，碎成了无数颗珍珠，在他心头跳动。

她原本已经落幕，是谁将她唤醒？巴图兆日歌的水龙头被打开了，他流着泪靠近自己受苦的妹妹，轻轻吹了一口气，将她熄灭。

随着索布德的熄灭，这片北方的寒冷之地迎来了她彻底的黑夜——她纵情吹响黑色北极的哨子——随着那清脆的“吁!”声，吉达腹中的鸭子喷涌而出，它们嘎嘎叫着冲向天空。这令人目瞪口呆的庞大鸭群，其数量多达百万——它们的羽毛像混浊的河水淹没了吉达的鞋带和冰川。鸭子在黑夜中挣扎，翅膀噗噗哒哒乱响。它们像翩翩起舞的飞蛾。现在是零下七十度，它们逐渐被冻住，相互撞击时，发出月亮和卵石的清脆的响声。地上的鸭子尸体就像瘟疫般遍布整片冰原。冻硬的鸭子石头一样砸进海里，将海洋塞满，以至于露脊鲸都被推上了冰面。多么奇妙，这群工作过度的鸭子仿佛成为了吉达的原子。若要说生命是由一堆无生命的原子构成的，那吉达的存在就不可避免地成为了所谓的“香蕉球”——他的原子里传来心跳声，鼓动着的是欲望，给他粗糙的内里涂上了一层防火漆。吉达翻起了白眼，落入沟渠，被巴图兆日歌一拳砸醒了。酒瓶子见底了，吉达自暴自弃地想。

巴图兆日歌按在吉达的肩膀上用力摇晃他，可以听见乒乒乓乓的撞击声——是鸭蛋。这些被藏在最深处的鸭蛋随着巴图兆日歌猛烈的动作，冷峻、蓄意地左右摇摆。鸭蛋是延续，是无终点的恶意，它们充满冰冻的诺言，承诺要把纯数学引入被它们讨伐的错误答案中。吉达敞开心怀躺在冰上，张嘴重复着鸭子们的歌曲，这是他的天性也是天赋。他的二手歌声可以粉碎冰山，激起所有人的野欲。

他的手轻轻滑动，头皮弹跳，用尽全身气力跳起“舞”来。偏离了轨道的鸭子独占他，在他丝绸般的皮肤上留下痕迹。他平滑的皮肤变得又凹又凸，北方的风从凹里吹过，发出雨中橡树的哀叹。过不了多久，就连吉达的肚子里的鸭蛋也会冻成石头。机票、护照、噪音、飞机，吉达感觉自己被人从高空抛下，掉进了拉紧的网里。他受伤了，疼痛难忍，网下的人们尖叫着四散奔逃。医生们没走，却全部捂着脸摇头晃脑，不愿意进行成功率如此之低的手术。

寒冷的风吹来，吹走了吉达肚子里的存货和他乌溜溜的内脏。透过吉达体内的洞，可以看见圆形的风景。那是一小块并不完美的弧形冰块，看起来像蒙娜丽莎交叠的双手。圆形风景逃离他的肚子，向北走，它满身凝血，义无反顾，吉达的器官承受不了它的思想——它最后消失在了黑暗的尽头。“风景是否只存在于空缺位置呢？是不是只有一样东西消失了，才会有新的风景诞生？”吉达在水淋淋的疼痛中感慨道。他犹豫不决地挥舞指挥棒，眺望自己离家出走的洞中风景。此刻他储备全无，只剩下了一张轻薄的大马坎矿皮。吉达毫无抵御能力，他怒不可遏，艺术细胞炸裂——他的怒吼声再也不能谐韵。

当风再次躁动，吉达起飞了！

“让姑娘们合唱一首吧！”吉达在咆哮的空中如顽固的塑料袋般扭动。这种折磨热情有余。吉达感觉天旋地转，混乱、喧闹和豺狼虎豹的脸接踵而至。一大群蚂蚱跳进了他脑子里。他感觉自己被甩在了挤满瓢虫的天花板上，被塞进了辣椒一样大的荒唐毡房。风和雪像嬉戏的虎崽，在欢声笑语中咬下一口他的体味。在他的皮肤上贫乏加倍繁殖——他变厚了，令人咋舌的鲜活的厚度将他阉割。自然之物的残酷震撼他，这伟大的痛楚将一直持续到他被风化。

没有姑娘为他歌唱，只有乌嘎为他献上了经久不息的掌声和诅咒。

作者的话

假期我和同学一起看高中时的笔记本，里面写满了小说和诗歌，翻开来真是回忆满满。我那时常在纸上写写画画，在晚自习之前传给同学。临近高考我突发奇想，想印一本自己的诗集。同学们用“再斟满一杯吧！”的动作翻阅我的书，是多么可爱的事情呀。准备好后，趁着周末找了家打印店，进店询问后发现身上的钱只够印一本。店里的机器好像都气坏了，它们说，“一本书就让我们动起来，太累人了！”回校的路上我还在想，如果将来有一家出版社可以出版我的书该多好呀。我嘴巴笨，不太擅长聊天，人们看我的书就像是在和我交心，我非常爱惜那种感觉。

今年，感谢好多长着翅膀的好心人，我不仅梦想成真，也不用给气鼓鼓的机器道歉啦。“风让风铃变成风，冬使冬酿变作冬”，我相信这几篇小说会因为在同一本书中而发生一些奇妙的变化，变得更加大胆且真实。

2021年5月4日

于内蒙古大学

图书在版编目 (CIP) 数据

傻子乌尼戈消失了 / 渡澜著. -- 北京 : 北京十月文艺出版社，2022.1
ISBN 978-7-5302-2166-2

Ⅰ. ①傻… Ⅱ. ①渡… Ⅲ. ①短篇小说—小说集—中国—当代 Ⅳ. ①I247.7

中国版本图书馆 CIP 数据核字 (2021) 第 131371 号

傻子乌尼戈消失了
SHAZI WUNIGE XIAOSHI LE
渡澜 著

出　　版　北京出版集团
　　　　　北京十月文艺出版社
地　　址　北京北三环中路 6 号
邮　　编　100120
网　　址　www.bph.com.cn
发　　行　新经典发行有限公司
　　　　　电话（010）68423599
经　　销　新华书店
印　　刷　北京盛通印刷股份有限公司
版　　次　2022 年 1 月第 1 版
　　　　　2022 年 1 月第 1 次印刷
开　　本　880 毫米 ×1230 毫米　1/32
印　　张　8.75
字　　数　130 千字
书　　号　ISBN 978-7-5302-2166-2
定　　价　52.00 元
质量监督电话　010-58572393
如有印装质量问题，由本社负责调换。